HEAT TARGET
～灼熱の情痕～

妃川 螢
HOTARU HIMEKAWA presents

JN286946

ガッシュ文庫
KAIOHSHA

イラスト／水名瀬雅良

CONTENTS

本作品の内容はすべてフィクションです。
実在の人物・地名・団体・事件などとは一切関係ありません。

プロローグ

今も記憶に残る、熱い唇、肌に触れる指先の感触、甘く掠《かす》れた声。

なぜあんなことになったのか、何度考えても判然としないし、ただ一度の過ちを、十数年経った今も忘れられない、その理由もわからない。

過ちだと、思ってなどいなかったのに、過ちだと、決めつけられた。それが不服だったのだと、のちに気づかされた。

不満だと、その場で言えばよかったのに、言えなかった。

言えなかったから、十数年経った今も、燻《くす》ぶる感情を持て余している。その想いをなんと名づけることもできないまま、胸の奥に住まわせている。

バカだな……と、あの夜を、朝を、夢に見るたびに思う。

数時間前、たしかにこの腕のなかで甘く鳴き濡《ぬ》れたはずの整った相貌《そうぼう》が、驚きと困惑と、そして後悔に染まる瞬間を目の当たりにしてしまったら、もはやほかに言える言葉はなかった。

「なかったことにしよう」

互いに、いい大人とまでは言えなくても、充分に成人だ。春から、社会に出ることもきまっている。流されていい道理はない。

今一度きつく抱きしめて、口づけて、情事の名残りに火照《ほて》る肢体を組み敷き、貪りたい衝動を、にぎりしめた拳《こぶし》のなかに押さえ込んだ。

滑らかな背を支えていた腕を放すと、痩身《そうしん》からホッと安堵《あんど》するかのように力が抜ける。なさけないことに、胸が痛んだ。

同じ大学に在籍した四年間、接点もなく、口を利いたこともなかった相手。一夜の過ちで済ませるのに、なんの弊害もなく、面倒のない相手と、割り切ればいい。

だというのに、目覚めの口づけもかなわないままに、困惑を浮かべる白い面《おもて》を、苦い思いを隠して見つめるよりほかない。

初対面で肉体関係を持ってしまった相手に、「愛している」などと言ったところで、なんの冗談かと笑われるのがおちだ。

だというのに、衝動のままに痩身を抱きしめた昨夜のうちに、なぜ「愛している」と言わなかったのかと、このとき胸を覆っていたのは、たしかに後悔だった。

「なかったこと」にしたのは、蒼白《そうはく》な顔で自分を見つめる情事の相手の、約束された将来のため。

けれど本音を言えば、彼の将来を踏みにじっても、すべてを奪い尽くしたかった。

そう気づけたのは、十数年の時を経て、再会を果たした瞬間だというのだから、笑える。

初対面で言えなかった言葉が、十数年も経ったいまさら、告げられるはずもない。それでも、未練を残した視線が、追ってしまう。

細い背が、振り返る。

澄んだ瞳の奥に、あの朝と同じ色の困惑。

言葉を紡げないまま戦慄《わなな》く唇を、こじ開け貪りたい衝動を、今日もまた拳の奥に握りつぶす。

1

前線指揮本部のおかれた特殊捜査車両内、壁面に並ぶモニターには、現場の様子があらゆる角度から映し出されている。

特殊犯罪捜査のために、ありとあらゆる機材を詰め込んだ捜査車両だ。決して広くはないが、現場の状況を把握するために必要な装備としては充分だ。

住宅街に建つ一軒の蕎麦《そば》屋。こだわりの十割蕎麦を出すことで食通に知られているというその店は、店主の自宅の一角を改装して営業しているという。趣味が高じて脱サラ、夫婦で蕎麦屋をはじめ、今では知る人ぞ知る店になっているのだと、周辺住民に訊《き》き込みを行うまでもなく、蕎麦好きな捜査員が情報をもたらした。

看板は出ていないが暖簾《のれん》は出ている。事件の一報が入ったのは、平日のランチタイムも終わろうかという時間帯だった。かろうじて逃げおおせた客が、一一〇番通報してきたのだ。

平日の真っ昼間、閑静な住宅街の一角に店をかまえる小ぢんまりとした蕎麦屋が、よもや刃物を持った薬物中毒者による立てこもり事件の舞台になるなどと、いったい誰が想像するだろう。

二百メートルほど先のコンビニエンスストアで強盗を働いたのち、逃走した犯人が、駆けつけた警察官に捕まりそうになって、咄嗟《とっさ》に強盗から立てこもり犯に転じた。ちょうど店の引き戸を開けて出てきた客を押しのけ、蕎麦屋に飛び込むやいなや、店主の男性を人質にとったのだ。

一一〇番通報してきたのは、その客だった。常連で、店主とも顔見知りだという。

『集音マイク、設置完了しました』

『カメラもOKです』

排気口から小型のカメラを挿入し、店内の様子を指揮車両内のモニターに映し出そうとしているのだ。

「熱感知センサーも、作動確認しました」

モニターの前で機材の動作確認を行っていた捜査員が、こちらに首を巡らせる。

「管理官」

指示を……と、促してきたのは、電話の前に陣取った、交渉人だった。すでに何度か店に電話をかけているものの、犯人に応じる様子はない。薬物中毒者の場合、交渉術においては典型的な反応を示すのが普通で、いらついてすぐに電話を取るものだが、ときにセオリーが通じない相手もいる。

寒河江《さがえ》は頷《うなず》いて、ヘッドセットマイクに手を添えた。

「今回は、交渉に時間をかけている余裕がありません。そちらの判断で突入のタイミングをはかれますか?」

人質になっている店主に持病があることが、早々に判明していた。薬が切れるタイムリミットまで、あといくらもない。

突入隊の指揮をとる班長に現場の状況を尋ねると、無線ごしに『了解』と短い応《いら》えがあった。

第一から第三まで存在する特殊班のうち、第一を率いる神蔵《かぐら》だ。

低い声には、聞く者を安堵させる独特の響きがある。だが寒河江にとっては、そればかりではない。

『こちらA班、神蔵、B班、状況を知らせろ』

『こちらB班、裏手に物音なし。犯人と人質は、やはり店内にいる模様です』

班長の神蔵が、店の裏手に潜む別班に状況を尋ねる。つづいて、捜査車両内の技術スタッフに『モニターは?』と訊いた。

「熱感知センサーは、店の奥、厨房《ちゅうぼう》の手前に反応あり」

人間の体温を感知するモニターのことだ。

『カメラは？』

「柱の影になっていますが、人の動く気配はわかります」

排気口から差し込んだカメラは、店内の様子を映しているが、どうしても死角ができる。だが、見渡せる限りに人影がないことから、犯人と人質が店の片隅に身を寄せていると判断がつく。

『マイクには、大きな変化はありません。じっと息を殺しているものと思われます』

壁に集音マイクをあてて店内の様子をうかがっている捜査員からも、報告が上がった。

『タイムリミットは？』

今度の問いは、寒河江に対してのものだ。寒河江のほうが立場も階級も上だが、任務中の神蔵はいつもこの調子だった。

「病院までの搬送時間を考慮すると、あと十分……いえ、九分です」

時計を見ながら返す。ちょうど秒針がてっぺんを通りすぎたところだった。

『了解。カウントダウンを頼む』

車内に並ぶモニターが、店の前に潜む隊員たちの黒い影を映し出す。皆ヘルメットをしているから顔はわからない。先頭の、一際体格のいいひとりが、手で背後の部下に指示を出した。神蔵だ。

「カウントダウン、はじめます。10、9、8、7、6、5、……」

装備服姿の隊員たちが、展開をはじめる。先頭の隊員の手には、煙幕弾。

『突入！』

ガラスを蹴破る音と同時に、白い煙幕がもうもうと上がる。

銃声はしなかった。だが、騒音は激しい。そして男の悲鳴も。だがそれも、ものの数秒のうちのことだった。

『確保！』

若い隊員のものと思われる興奮した声が無線に届く。それにつづいて、『犯人確保、人質の無事も確認』と、冷静な声。

「やった！」

わ…っ！　と捜査車両内に歓声が上がった。

「人質は救急車に。すぐに搬送します」

モニターを見つめる捜査員が、待機していた救急隊に指示を出す。

「犯人は？　怪我はありますか？」

無線に応えがない。

捜査車両内に、なんとも言い難い微妙な空気が流れた。

状況を察した寒河江が、滑らかな眉間に皺《しわ》を寄せる。

「神蔵班長？」

伊達《だて》眼鏡の奥の瞳を眇《すが》め、ブリッジを押し上げながら、ため息とともに、状況を報告してください、と低く抑えた声で問う。無線の向こうから、『……すまん』とようやく応えがあった。

『伸びてる』

犯人のことだ。

『すみません！　自分、やりすぎました！』

班長の指示ミスではありません！と、神蔵を庇《かば》うように、若い隊員の声が届く。先頭を切って突入した一番の若手の声だ。捜査車両内に、クスクスと笑いが漏れた。

「……了解。先に病院に搬送します」

手配を……と、担当者に指示を出すと同時に、捜査車両のドアが開いた。ヘルメットを脇に抱えた長身の男が、上体を屈めてぬっと入ってくる。

「さすがのスピードですね、神蔵さん」

真っ先に声をかけたのは交渉人だった。大柄な隊員の多いＳＩＴにあっても、とくに体格のいい現場指揮官は、目立つうえに人望も厚い。

「凶器は鑑識にまわした。捜査は？」

引きつづき担当するのかと端的に尋ねてくる。

「強盗事件のほうを担当することになる所轄署に任せようと思います」

「薬物関係で、組対が出張ってくるんじゃないか？」

今回の事件の犯人は、薬物中毒者だった。重度の場合、ひと目でわかる。薬物事案は、組織犯罪対策五課の担当だ。

「私たちの任務は、いま目の前で起きている事件を解決することです。それ以外の事案は、担当したい部署が持っていけばいいんです」

手柄が欲しいなら、持っていけばいいと返す。やれやれと肩を竦《すく》めたのは、アメリカ帰りでなにごともオーバーリアクションぎみの交渉人だった。

「欲がありませんね、管理官。出世できませんよ」

「合理的に考えているだけですよ」

微笑み返すと、また大袈裟《おおげさ》に苦笑される。そんなやりとりを、神蔵は黙って聞いている。

「撤収します」

寒河江の指示に、一同が頷く。

「了解」

このあとの始末は、所轄署と機動捜査隊にまかせることになる。押しかけた野次馬や報道陣によって騒々しさの増した現場を、特殊車両は静かにあとにした。

警視庁刑事部捜査第一課特殊犯捜査係管理官、というのが、寒河江絢人《あやと》に与えられた役職だ。階級は警視。

国家公務員I種試験にパスし、キャリアとして警察庁に入庁、研修期間を経て、警視庁捜査一課に管理官として赴任した。強行班の管理官を経て、特殊班に異動、いまに至っている。

特殊犯捜査係――通称SITと呼ばれる、刑事警察の特殊部隊が担当するのは、誘拐や人質立てこもりなど、現在進行形の犯罪事案だ。すでに起きた殺人事件などを捜査する強行班との一番の違いはそこだと言える。

SIT――Special Investigation Team という名が示すとおり、SITは捜査も行う。そこが、警備部所属の特殊部隊であるSAT――特殊急襲部隊との違いでもある。犯人制圧を主任務とするSATとは対照的に、犯人逮捕がSITの大原則なのだ。

寒河江が管理官を務める第一特殊には三つの係があり、今日出動していたのは一係――警視庁刑事部捜査一課第一特殊班捜査特殊班捜査第一係だ。通常、一係と二係を指してSITと称す場合が多く、三係は医療過誤などの業務上過失事案を扱う。

一係のリーダーは神蔵晨《じん》警部。強行班での捜査員経験を持ち、SATへの誘いを蹴ってSIT勤務を希望したとの逸話も持つ。元SAT隊員の経歴をもつ班長率いる二係ともども、過去最強と言われるＳＩＴを牽引《けんいん》している。

早い周期で異動するキャリア管理官になど、本来は出る幕のない部署だろうと、卑屈ではなく冷静に、寒河江は分析していた。


自室のドアがノックされて、寒河江は書類に判を押す手を止めた。

ノックに「どうぞ」と返すと、Ｔシャツにワークパンツ姿の大柄な男が「失礼します」とドアを開ける。

「結局、うちにまわってきたわけですか」

数枚の書類を手に大股にやってきた神蔵は、それを寒河江のデスクに放りつつ言った。例の立てこもり犯の一件だ。

作戦中は荒っぽい口調になる神蔵だが、通常勤務中はその限りではない。寒河江にも立場なりの口を利く。

「そちらでどうぞと言ったのですが、断られてしまって」

各部署との調整の結果、犯人の取り調べも送検も、特殊班で行うことになったのだ。所轄署はもちろんのこと、一件でも多く薬物事案を挙げたいはずの組対も、まるで腰が引け

たように譲り渡してきた。

「無欲の勝利ですか」

何度めですか？　と、神蔵が笑う。

「知らないところで妙な噂《うわさ》が流れていなければいいのですが」

警察組織というところは、とかく噂や逸話といったものが広まりやすい。

キャリアとして出世の道を歩む限り、妬《ねた》みも嫉《そね》みも覚悟の上だから、影でなにを言われていたところで、さもありなん、ではあるが。

「さあ、どうでしょうね」

キャリアである限り、良くも悪くも噂はつきものだと、神蔵が肩を竦めて返す。

「こういう場合、否定するものではないのですか？」

良い評判ならともかく、悪い噂など広まりようもないだろうと、フォローすべきではないかと小さく笑う。

「どうも自分は、上司の太鼓持ちというやつが苦手でして」

寒河江の冗談に、神蔵も調子を合わせて返してきた。

互いに認識しながらも、言及を避けつづけている過去の事実。

赴任当初は身構えたが、部下たちに不審がられない程度に、冗談も交わせるようになった。歳をとれば、人間それなりに図太くなるものだ。

「薬物関連の情報に関しては、聴取後、組対に提供する約束になっています」

そのつもりでよろしくお願いしますと指示を出すと、神蔵は「了解しました」と頭を下げた。

「蕎麦屋のオヤジの容体は？」

立ち去ろうとして、足を止め、本当はそれを訊きに来たのだろう本題を、ついでのように尋ねてくる。

「大事ないと、連絡をもらっています。皆さんのおかげです」

通常ではありえない展開スピードと、早い段階での突入の判断だった。

すぐに病院に搬送された被害者は、適切な処置を受け、検査のために一晩入院することになったものの、すぐに帰宅できるだろうとのことだった。

「突入の指示を出したのは管理官です」

「私は、現場にお任せしただけです」

若い隊員に痛めつけられた犯人も、病院に搬送後すぐに意識を取り戻し、医者の診断は腕の脱臼《だっきゅう》と数カ所の打ち身と擦過傷のみ。治療を受けて即、警察に連れ戻され、取り調べ室に放り込まれた。薬物の影響は否めないが、取り調べができないほどでないと報告を受けている。

「そういうことにしておきましょうか」

軽く言って、神蔵はもうひとつ、話を付け足した。一番の目的は、これだったのかもしれない。

「あいつらに、管理官も誘うようにと言われてるんですが、ご一緒にいかがですか？」

事件がひとつ解決すると、捜査員たちは連れだって祝杯に繰り出す。体育会系の呑みの席は、とても寒河江などがついていけるものではない。

「私がいては楽しめないのではありませんか？　せっかくですが、遠慮させていただきます」

酒の席に上司などいないほうがいいに決まっている。しかも自分はキャリアだ。それに、定時に帰れる日には、できるだけ残業をしないように、寒河江は心がけていた。

神蔵は、その理由を知っている。隠しているわけではないから、他の隊員たちのなかにも知る者はいるはずだが、面と向かって口にされたことはない。デリケートな話題だと、思われているのだろう。

「では、またの機会に」

長身の背中がドアの向こうに消えて、寒河江はホーッと息をつく。肩の力が抜けて、自分が緊張していたことを知った。

ＳＩＴの管理官を承って、すでにそこそこの時間がすぎているというのに。微笑みからぎこちなさも抜けて、冗談だって交わせるようになって、充分に図太くなったつもりでいるのに。

いまひとつ深いため息をついて、寒河江は書類に押印する手を再開させる。旧態依然とした警察組織において、管理者の仕事は会議に出席することと、日々大量にまわされてくる書類に判を押すことだ。民間企業においてはあたりまえのペーパーレス化も、警察においては夢のまた夢。

時計を確認して、手を早める。

定時退庁は無理でも、少しでも早くに迎えに行かなければ。子どもが、待っている。


神蔵が部屋に戻ると、待ちかねたように隊員たちが出迎えた。――が、神蔵の表情を見て、まずは交渉担当の羽住《はずみ》が苦笑を零した。

「管理官は無理でしたか？」

つづいて、一番の若手が、「やっぱダメか〜」と残念そうに言ってデスクに突っ伏す。

「まだ小さいんだろうしなぁ」

無理は言えないと、ボソリと零したのは、自身も子の親である古参の隊員だった。

寒河江がシングルファザーで双子を育てていることは、あえて公にはされていないが、本人が隠しているわけではないために、知る者は知っている。他部署はともかく、SITの隊員なら、大概は知る事実だった。

「キャリアと呑みに行きたいなんて言うのは、おまえらぐらいのものだぞ」

普通は、無駄話をすることさえ憚《はばか》られるのがキャリアという存在だ。ノンキャリアの現場の捜査員にとっては、雲の上の存在なのだ。

「寒河江さんが特別なんですよ。ちゃんと自分らのこと、見てくれてますし」

係のなかでとくに寒河江にご執心なのが、一番の若手の大迫《おおさこ》だった。今日の突入に際して、犯人の肩を脱臼させた張本人だ。

機動隊勤務のときの小隊長がろくでもない男だったらしく、あの理不尽さに比べたら、SITの厳しい訓練も極限状況を強いられる現場も、まったく平気だと言いきる。ゆとり世代ゆえの呑気《のんき》さなのか、それとも好景気を知らない世代ゆえの冷静さなのか、神蔵にははかり知れない。

「じゃあ、今日は班長のおごりってことで!」

古参の隊員が茶化した口調で言う。それに「しょうがないな」と苦笑で返すと、部屋がわっと湧いた。

「肉食いたいっす、肉!」

「ばぁか、いつもの居酒屋だ」

「えぇ〜っ」

テンション高くやりあう部下たちを横目に、神蔵はデスクの背、大きなガラス窓から下に視線を落とす。距離があっても見間違えることのない細い背が、足早にビルのエントランスを出てくるのが見えた。あの山積みの書類を超特急で処理し終えたようだ。

すれ違う制服警官が足を止めて敬礼で見送る。それに軽く会釈を返して、痩身は植え込みの向こうに消えた。

このあと保育所に子どもを迎えに行って、買い物をして夕食をつくって……現場で見せるのとは違う表情を、家庭では見せているに違いない。あの伊達眼鏡も、子どもの前では外すのだろう。

家政婦の手を借りていると以前に聞いたが、男手ひとつで、しかも警察官僚という多忙な職につきながら、幼い双子を育てるのがどれほど大変か……神蔵には想像することしかできない。

夫人と死別したときに、再婚はしない、施設にもあずけない、子どもは自力で育てると決めたと、もっぱらの噂ではあるが、寒河江の口から直接聞いたことはない。

寒河江は、職場では、プライベートにかかわることを、ほとんど話さない。それは、自分の存在があるためだろうと、神蔵は考えている。

商店街に近い立地だからだろう、延長保育の我儘《わがまま》を聞いてくれる保育所は、寒河江が訪れた時間でも、まだ何人かの子どもたちが、親の迎えを待っていた。

「ぱぱ……っ！」

ユニゾンで響く高い声。駆け寄ってくる小さなシルエット。左右から同時に飛びつかれて、寒河江はかろうじて幼子の突進を受けとめた。

「ごめんね、お迎えが遅くなって」

膝をついて、両腕に愛しい体温を抱く。ふたりは小さな手で、寒河江のスーツにぎゅっとしがみついてきた。

「おかえりなさい、ぱぱ」

「おかえりなさい、いいこでまってたよ」

左から抱きついてきたのが宙人《ひろと》、右から抱きついてきたのが天人《たかと》、一卵性の双子だ。サラリと艶やかな黒髪は亡き妻譲りだが、顔は寒河江似だと言われる。

「ただいま」

走ってきたことで少し乱れた髪を梳《す》きながら、子どもの甘い匂いを胸いっぱいに吸い込む。

園舎のほうからふたりを追いかけて出てきた痩身の青年が、軽く会釈しながらやさしい笑みを向けた。ここの園長の息子で、母親たちにも人気の保育士だ。

「お疲れさまです、寒河江さん」

「遅い時間まで、ありがとうございました」

ぎゅうぎゅうとしがみついてくる双子をあやしながら、顔を上げる。常に人当たりのいい笑みを忘れない青年の持つやさしい雰囲気は、子どもにも好かれているのだろう、双子は「せんせい、またあしたね！」と、笑みを向けた。

「パパがお迎えにきてくれてよかったね。また明日ね」

膝を折って子どもと目線を合わせ、にっこりと言う。双子は示し合わせたように、こっくりと頷いた。

双子のシンクロ現象とでもいうのか、不思議なことは日々あるが、さすがに毎日見ている親は驚かなくなるものだ。

見送ってくれる保育士に手を振って、保育所を出る。

店終い目前のセールタイムに突入している商店街を歩いて夕食のおかずを物色し、三人で夕飯のメニューを決めながら買い物をするのが、週に何度かの習慣だ。

事件が起きれば、徹夜で現場に詰めていなくてはならないことも多い。毎日、寒河江自身が保育所の迎えに行けるわけではないし、子どもたちの寝顔すら見られない日もある。

だからこそ、可能な限り子どもと過ごす時間をつくるように心掛けていた。

「夕ご飯、なににしようか?」

子どものリクエストに百パーセント応えられるほどの料理の腕があるわけではないが、努力はしている。

妻を亡くすまで、寒河江はキッチンに立ったこともなかった。できるのは、コーヒーを淹《い》れることとトースターでパンを焼くことくらいだった。

その当時に比べたら、格段に腕は上達している。子どものためと思えば、出来合いのものやインスタント食品をテーブルに並べる気にはなれない。必然的にキッチンに立つ時間は長くなる。

「とろとろおむらいす!」

ここでも、双子の声が揃《そろ》った。これもいつものことだ。ふたりのリクエストが違ったことはない。

「じゃあ、卵買って帰ろうね。お野菜も食べるんだよ」

「はぁい!」

トロトロ卵のオムライスに、野菜サラダか野菜たっぷりのスープを添えようと決める。

幸い双子はこれといった好き嫌いがなく、そういう意味では助かっていた。

そのかわり味には厳しくて、たまに外食をしようとすると、有名店であっても「おいしくない」と手をつけないこともある。そのわりに、寒河江の手料理は文句を言わず食べるから、幼子の判断基準は謎だ。

「ぱぱ、みてみて」

手を繋《つな》いで商店街までの道を歩く途中、宙人が差し出してきたのは、最近になって保育所で導入をはじめた小型のタブレット端末だった。

恐ろしいことに、いまどきの幼児はこういったデジタル機器を平然と扱う。おもちゃとしか思っていないからだろうが、子供専用につくられたものならまだしも、寒河江のスマートフォンやパソコンまで、ほうっておいたら触ろうとするから——しかも扱えてしまうから、けっこう大変だ。

「奏《かなで》ちゃんと、とったの！」

「奏ちゃんのぱぱがとってくれたの！」

撮りためた写真のなかから目的の一枚を表示させて、「見て」と言う。そこには、双子の間に挟まれて、可愛らしい少年がにっこりと微笑んでいた。双子も満面の笑みだ。

「へぇ、よく撮れてる」

真ん中に映っている愛くるしい少年は、近所の個人病院、藤森《ふじもり》医院の若先生の息子だ。そのドクターも、シングルファザーだと聞いている。

子どもたちの体調など、何か不安に思うことがあれば相談するといいですよ、と保育士にも言われているのだが、大概は自宅近くの医院にかかってしまうし、重篤な場合には立場上融通のきく警察病院に駆け込むから、なかなかその機会がなかった。

双子は保育所に通うようになってからずっと、この可愛らしい子に夢中で、毎日のようにプロポーズしては逃げられていると、保育士から話を聞いている。

微笑ましいと、笑って見ていていいのか、それとも違う心配をしたほうがいいのか、親としては微妙なところだった。

「奏ちゃんは、ぼくのおよめさんになるんだよ」

「奏ちゃんは、ぼくのおよめさんになるんだよ！」

宙人の言葉に対抗するように、天人が語調を強めた。自分たちこそ女の子に間違われることも多いというのに、ませたことを言うものだと、毎度感心する。

「何度も言うけど、奏ちゃんは男の子だよ。お嫁さんにはできないよ」

どんなに可愛くても、その子は女の子ではないと言い聞かせる。だが、双子は聞き入れない。

「できるもん！」

「奏ちゃんがいちばんかわいいもん！」

きっぱりと言って、ふたり顔を見合わせ、「ねー」と同意。なにもかもがシンクロしている。

「それは……」

たしかに可愛い子だ。子役の事務所に登録しているというクラスの女の子より、実のところ可愛らしいと寒河江も思う。けれど……。

「それ、女の子の前で言っちゃダメだよ」

「どうして？」

「どうしても」

男として異性にどう接するのが正しいのか、この歳から教えなければ。ふたりには、紳士に育ってほしい。

すでに夕方の混雑も一段落したスーパーマーケットに立ち寄って、冷蔵庫のなかみを思い出しながら、買い物をする。

「たまごー！」

「割らないように、そっと籠《かご》に入れて」

「はぁい」

宙人が卵を担当すると、天人は青果の棚の前で目的のものを指差して父を呼んだ。

「ぱぁぱ、レタスのスープがいい」

「じゃあ、そうしよう」

山積みになっていただろうレタスはすでに残り少なくなっていたが、新鮮そうなものを選び、トマトとともに籠に入れる。

レジで精算をしている間、ふたりは寒河江の左右に貼りついてはなれない。そのおとなしい様子を見て、レジを打つパートタイマーの女性が、「パパが大好きなのね、おとなしくていい子ねぇ」と褒めてくれる。

普段寂しい思いをさせているからですとも言えず、寒河江は曖昧《あいまい》な笑みで返すよりほかない。

帰宅して、寒河江がキッチンに立つ間も、息子たちはダイニングテーブルの定位置から、じっと寒河江の様子を見つめている。

包丁と火を使う間は、危ないから傍に近寄らせることはできない。そのかわり、お箸《はし》を並べたりといった、幼児にもできるお手伝いをさせる。

子どもたちがぐずりはじめないうちにテーブルに料理を並べるのにも、だいぶ慣れてきた。

小さめにつくった、とろとろのオムライスと、レタスとトマトとマッシュルームの塩味スープ。オムライスのなかには、野菜やキノコを米粒より細かくみじん切りして、混ぜ込んである。

「いただきます」

「いただきまぁす！」

寒河江につづく声もユニゾンだ。ふたりはスプーンをとって、オムライスを同じ場所から切り崩しはじめた。シンクロした動きを向かいから見ていると、なんとも愉快だ。スープが冷めたころ合いに、ふたりはやはり同時にスープボウルに手を伸ばす。そしてふたりともにトマトを口に運んだ。

息子たちに注意を払いながら、自分も食事を口に運ぶ。子どもの舌には、もう少し薄味のほうがよかったかもしれない。今日の育児日記に書き記しておこう。

その前に、一日の終わりの一番の大仕事、三人での入浴が待っている。ふたりの髪と身体を順番に洗って、たっぷりの湯に浸かって、一緒に十を数える。湯ざめしないように大判のバスタオルにくるんで雫《しずく》を拭い、パジャマはできるところまで自分で着させる。

双子は、保育所に入る以前、言葉が少し遅かったことを除けば、取りたてて親を悩ませるようなこともなく、寒河江はずいぶんと助けられている。

言葉が遅かったのも、どうやら双子のシンパシーで会話が成り立っていたために、話す必要を感じていなかったようなのだ。けれど、互いだけならともかく、親を含めたそれ以外の人間と意思の疎通をはかる必要があると本能的に気づいて、言葉を発するようになったらしい。

親のお腹のなかにいたときのことを覚えていたり、子どもの発言にはときどき突飛な
があるが、あながち嘘《うそ》ではないと寒河江は考えている。
る前には、ベッドのなかで絵本を読む。双子は挿絵の美しい絵本が大好きで、ふたり
んでじっと絵本に見入っていることも多いが、やはり父が読み聞かせてやると、反応が違う。

最近のお気に入りは、芸術性に富んだ挿絵が目を惹《ひ》く、魚の物語だ。蛙《かえる》の真似をした魚が、最終的に、自分は魚なのだと気づく、単純に見えて深い物語だ。元デザイナーの経歴を持つ作者の描く世界は、大人の寒河江の目にも美しく、子どもたちが興味を覚えるのもわかる。

最後のページまで、辿り着くことはほとんどない。

その前に、双子は寝入ってしまう。

穏やかな寝顔が、寒河江の一日の疲れを洗い流してくれる。

「また同じ寝相で……」

双子はまったく同じ恰好《かっこう》で寝ていることがままある。というか、大概そうだ。

親でなければ区別がつかないほどにそっくりなふたりの寝顔を眺めながら、寒河江は親でいられることのありがたさと、今日一日を無事に終えられた安堵とを感じる。そして同時に、一生消えることはないだろう後ろめたさを胸の奥底に追いやるのだ。

十数年前の、ただ一夜の記憶を……。

ＳＩＴの管理官を拝命して、神蔵と再会して、胸の奥底に沈んでいたはずの感情が思いがけず浮上して、いまさらのように後ろめたさを覚えるようになった。

亡き妻に対して申し訳ないと思う気持ちは消しようがない。それから、子どもたちへの罪悪感も。

自分はずっと、胸の内で妻を裏切っていた。

神蔵の顔を見た瞬間に、その事実に気づかされた。再会の日の衝撃は、忘れられない。

たった一度、肌を合わせただけの相手に、自分はずっと囚われつづけていた。

十数年間、己すら欺いて、感情を押し殺してきた。

それに気づかぬふりで、人並みの幸せを手にし、妻を守ることもできず、図々しくも人の親でいることの浅ましさ。

逝ってしまった妻に、いまさら詫《わ》びたところで、望む罵倒《ばとう》が返されるわけもない。罵《のの》しられでもすれば、己の内で納得もいくのだろうが、それすらも自己満足でしかない。

そっと絵本を閉じて、双子の肩にブランケットをかけ直し、スタンドの明りを消して子ども部屋を出る。

極力音を立てないようにドアを閉めて、そして小さく息をついた。

子どもたちが愛しい。自分の命よりも愛しい。

なのに、拭えない息苦しさ。己の内で消えることのない罪悪感が、その原因だとわかっている。

十数年前、ふいのきっかけで芽生えた恋情を、いまも引きずっている。亡き妻への、子どもたちへの、裏切りだとわかっていて、それでも捨てられない感情が、いまもたしかにこの胸の内に息づいている。

情熱の熾火《おきび》が、今もふつふつと燃え滾《たぎ》っている。小さな小さな火種だったはずが、今でははっきりとその熱さを感じる。日々、育っている。それがたまらなく怖い。

2

大学四年の終わり、卒業後の進路も見えたころのことだった。

寒河江《さがえ》は教授の紹介で、同じ大学に通いながらも学部が別だったために、それまで一度として言葉を交わしたことのなかった、ひとりの同級生と知り合った。

「特級の烏龍茶が手に入った。飲みにきなさい」

お茶好きな老教授の誘いの言葉に頷いたのは、もちろん烏龍茶目的ではなく、教授の話を聞くためだ。

元は検事であり弁護士でもあった老教授は、大学に招聘《しょうへい》される以前は司法修習の教鞭《きょうべん》もとっていた現場主義者で、頭でっかちの法律学者には決して語れない経験談を聞くのが、寒河江は好きだった。

法学部在学中に司法試験に合格しておきながら、法曹界を目指すのではなく、国家公務員I種試験をパスして官僚の世界に足を踏み出そうとする学生を、老教授は「実に惜しい」と零しながらも可愛がってくれていた。

寒河江が、老教授の話を嫌がらずに聞く、数少ない学生のうちのひとりだったからかもしれない。

判例を中心とした体験談のみならまだしも、好きなお茶の話や孫の話、社会情勢などなど、老人の長話に付き合っていられるほど法学部の学生は暇ではない。一方で、大好きだった祖父母を早くに亡くしていた寒河江は、ほかの学生たちとは違い、面倒がらずに老教授の話に耳を傾けた。

経験豊富な教授の口から語られる話はどんなものでも、寒河江には面白く感じられたし、ためにもなった。

だからこの日も、教授から届いた短い誘いのメールに、「おうかがいします」と返したのだ。

「先生、お邪魔します。お茶請けに――」

教授お気に入りの和菓子屋の紙袋を手に教授室のドアを開けた寒河江は、しかしあいさつの途中で言葉を切った。

この日は、いつもと様子が違った。先客がいたのだ。

教授ひとりだとばかり思っていたから、気安く声をかけてしまった。教授のデスク脇、キャビネットに背をあずける恰好でたたずむ長身の主に軽く頭を下げて、それから教授に目を向ける。

「気にしなくていい。入りなさい」

「はい、失礼します」

デスクに歩み寄ると、キャビネットに背をあずける主は、ずいぶんと大柄で体躯《たいく》のいい同年代の男だとわかった。同時に、ときおり学内で見かける、目立つ存在であることにも気づく。

名前は、そう、たしか……。

「神蔵《かぐら》くんだ。面識はあるかな？」

「いえ……」

寒河江も長身の部類だ。だが、しっかりと顎《あご》を上げなければ、神蔵と視線を合わせることができない。

スポーツで名を馳《は》せていた記憶はないが、下手なスポーツ選手以上に鍛えているように見える。近くに寄ると、圧倒させるような存在感があった。

「俺は知ってますよ。寒河江絢人《あやと》。法学部一の秀才の名前を知らないやつは、学内にいないでしょう」

教授に向けて、そんなふうに返す。それを言うなら、寒河江も神蔵の存在は知っているけれど、面識はないはずだ。

「目立つ存在なので、顔だけは……、――はじめまして」

「よろしく。神蔵晨《じん》だ」

キャビネットにあずけていた背を起こして、ずいっと寒河江の顔を覗《のぞ》き込んでくる。そして「ふうん」と、何やらひとりで納得した。

「やっぱ、女どもが騒ぐだけのことはあるな。綺麗な顔してる」

「……は？」

不躾《ぶしつけ》すぎる言葉に思わず目を瞬いて、意図を問うように間近にある精悍《せいかん》な面を見上げる。すると今度は、「睫毛《まつげ》、長いな」と言葉が落とされた。

「……」

その長い睫毛を瞬くこと数度、寒河江はようやく、神蔵の冗談だと気づく。困惑気に眉間に皺を刻むと、神蔵の口角が愉快気に上がった。

「美人は、どんな顔をしても美人だな」

さらに茶化した言葉がつづいて、寒河江は傍らの男をキッと睨《にら》み上げた。神蔵の口角が、さらに愉快そうに歪《ゆが》む。寒河江は不快さも忘れて呆《あき》れた。

「儂《わし》が困っていたら、通訳を買って出てくれたんだよ」

つい先日、出張で行った台湾で、神蔵に偶然助けてもらったのだという。どうやら今回も、美味しい烏龍茶を求めて、観光客が訪れない場所まで足を伸ばしたらしい。

「あんまり流暢《りゅうちょう》だから、現地の青年かと思ったら、日本人で、しかもうちの学生だって言うじゃないか！　世間は狭いと思ってねぇ」

教授は数カ国語を話すが、どれもかなりブロークンで、ものによっては単語の羅列だったりもする。本人は通じているつもりのようだが、実際は通じていない場合が多いのだ。

「そうだったんですか」

そのときの様子が目に浮かぶようで、寒河江はクスリと笑みを零した。

「話は美味しいお茶を飲みながらにしよう」

教授に促されて、テーブルにつく。

この部屋には、いつでもお茶が飲めるように、本場の茶藝館《ちゃげいかん》さながらに、排水が整えられた大きな茶盤《ちゃばん》にポット、茶壷《急須》や茶杯《ちゃはい》といった茶器類、減った分だけ補給される茶菓子などが揃えられている。

教授のゼミを選択すると、もれなく烏龍茶の蘊蓄《うんちく》がついてくる、という仕様だ。寒河江も、この部屋に出入りするようになってはじめて、茶葉から淹れる烏龍茶を口にした。そして、ペットボトル飲料とはあまりにも違いすぎる、その味と香りに驚いた。

教授の向かいに、神蔵と並んで腰を下ろす。

向かいに座る教授が茶をふるまう主の役目で、自己流の茶藝を披露してくれる寸法だ。お茶農家から直接仕入れてきたらしいお茶の包装を満足げに解いて、慣れた手つきで並べた茶器を温め、ロコロコと丸い独特のかたちをした茶葉を茶壷《チャフー》に入れる。沸きたての湯を高い位置から注いで、そして蓋《ふた》をした上からも湯をまわしかける。

「どうしても見たい茶園があってねぇ。山の上まで足を運んだんだが……いやはや、老体には厳しかった」

楽しそうに旅行——寒河江は出張だと聞いているが——の話をしながら、小さな飲杯《いんはい》と一緒に茶托《ちゃたく》に並べられた聞香杯《もんこうはい》に、黄金色の烏龍茶を注ぐ。

聞香杯を使うのは、台湾烏龍茶独特の淹れ方で、細長い茶器で香りを楽しみ、それから小さな飲杯でお茶を飲むのだ。

「……！　とてもいい香りですね！」

聞香杯に残る香りに、寒河江は感嘆を零した。甘い花の香りがする。

「じゃろう？　香りだけじゃない、味もいいんだ」

味、香り、水色、茶葉の美しさ、すべてが揃わなくては、特級茶とはいえない。もはや何度聞いたかしれない烏龍茶の蘊蓄を、寒河江は美味しいお茶をいただきながら、ときに相槌《あいづち》を打ちつつ、拝聴する。

一方で神蔵は、聞香杯を使わず少し大きめの飲杯を出してきて、気取ったところのない様子でお茶を飲む。

「彼が、農家の人に交渉してくれてねぇ。一番いいのを譲ってもらったんだ」

なるほど、神蔵はすでにこの味を知っているのか。だから納得顔で飲んでいるのだ。

「留学経験が？」

「いや、第二外国語でとってただけだ」

寒河江が驚き顔を向けると、「先々必要になるだろうと思って」と、返される。その意味は、のちのち卒業後の神蔵の進路が教えてくれるのだが、このときの彼は、理由にまで言及しなかった。

「彼のおかげで実に楽しい旅行だったよ。美味しいお茶もたくさん手に入ったしね。じゃあ、次のお茶を淹れようか」

言いながら、別の茶壷を取り出し、違う種類の烏龍茶を淹れる準備をはじめる。こうやって次々飲まされるから、付き合う学生がどんどん減ってしまうのだ。いくらお茶とはいっても、飲める量には限界がある。

カフェインの取りすぎで今晩は眠れないことを、この部屋を訪ねる前には、すでに覚悟していたが、この分では食事もろくに入らなくなりそうだ。

「先生、なにか胃に入れないと茶酔いするよ」

強いカフェインや茶ポリフェノールの効果で、アルコールの酔いに似た症状を覚えることがある。それを茶酔いといって、避けるためには、これもアルコール同様、空きっ腹に飲まないことだ。

「忘れるところでした。これ、先生御贔屓《ごひいき》の店の和菓子です」

携えてきた紙袋から、菓子器に和菓子を盛って出す。さらに、いつも教授が茶菓子をストックしている棚からいくつか見つくろって出し、神蔵の前に「どうぞ」と差し出した。

「烏龍茶と和菓子か……悪くない」

満足げに言って、神蔵は大ぶりな豆大福に手を伸ばした。甘いものは嫌いではないようだ。これなら教授と話も合うだろう。

「ところで教授、この前の法案づくりの件、どうなったんですか?」

話を、烏龍茶の蘊蓄から法律がらみへと、さりげなく振ったのは、寒河江ではなく意外なことにも神蔵だった。

すると教授は、飲杯に注いだ茶をまるで猪口《ちょこ》で熱燗《あつかん》を呑み干すかのように飲み、眉間に深い皺を寄せて、「あれか……」と渋い顔。

「まったく、いまどきの官僚はなっとらん」

忌々しげに言って、あまり表には出せないだろう暴露話を、面白おかしく聞かせてくれた。

「きみのような聡明な学生が、十年後、二十年後に、あの世界に染まらないでいてくれることを祈るよ」

寒河江の飲杯に茶を注ぎながら、しみじみと言う。

隣の神蔵が、「キャリア試験に?」と尋ねてきた。受かったのか? と訊いているのだ。

「ええ、まぁ」

なぜだか彼は、そういった権威のようなものを好まない気がして、曖昧に頷く。

「判事志望だとばかり……」

言うでもなく落とされた呟きを、「え？」と訊き返す。

寒河江が口にしたことはないが、そんな噂が広まっていたのだろうか。だとしても、学部の違う彼が、なぜそんなことを？

「神蔵…くん、は？」

呼び捨てにするのも図々しい気がして、くん付けしてみたものの、なんだか妙に気恥ずかしかった。

「お巡りさん」

「……は？」

思わずまじまじと横顔を見てしまった。地方公務員試験を受けて、警視庁に入ることにしたというのだ。

警察庁ではなく？　と訊き返しかけて、ぐっと呑み込んだ。それは、寒河江自身の希望だったからだ。

「だから、通訳するかわりに、教授に法律関係のレクチャーを頼んだんだ」

帰りのフライト中、睡眠時間にあてるつもりが、ずーっと刑法の授業をされたと、神蔵が実にウンザリと肩を竦める。

台湾の松山空港から羽田空港まで、三時間ほどだったろうか。たっぷり二コマ分の授業を受けられたわけだ。

「儂の授業をマンツーマンで聞けるなど、贅沢《ぜいたく》の極みじゃぞ」

教授が冗談めかして言うのに、ふたり顔を見合わせて笑うと、教授は「失礼な学生じゃ」と口を尖《とが》らせた。なんともお茶目な老人だ。

「おまえさんとこの教授が嘆いとったぞ。院に進むものと思っとったのに、となぁ」

教授の言葉の向く先は神蔵だった。果ては学者のはずが、いきなりの方向転換だったらしいと、寒河江はふたりのやりとりから汲み取る。

「そのつもりだったんですけどね。ちょっと思うところあって」

神蔵は、そんなふうに言葉を濁した。

なにが、どんな体験が、彼の進路を変えさせたのか、訊きたい気持ちもあったけれど、会ったばかりの自分に、その資格はないような気がして、寒河江は言葉を呑み込んだ。かわりに教授が、「似合っとると思うよ」と微笑みを向ける。

「その体格を活かせるのは、警察か自衛隊くらいじゃろうからな」

その言葉には、「ホントに……」と、思わず深く頷いていた。「羨ましい……」と、無意識に呟いてしまってハタとそれに気づき、頬が熱くなるのを感じて、寒河江は空《から》の飲杯を手の中で弄《もてあそ》ぶ。

「ごめん……」

なにを謝っているのかわからなかったが、他に言葉が思いつかなかった。

その寒河江の手を、ふいに神蔵が取り上げた。

「……え？　あの……」

弄んでいた飲杯を茶盤に置いて、寒河江の白い手をマジマジと観察する。

「細い指だな」

箸と筆記用具以外、持ったことがないだろうと言われて、寒河江はムッと唇を歪めた。

「そんなことは……っ」

振り払おうとした手をぐいっと引かれて、今度は神蔵の胸元へ導かれる。Ｔシャツ越しに感じる筋肉の硬さに、寒河江は目を瞠《みは》った。

「すごい……」

逞《たくま》しい胸板は、同じ日本人のＤＮＡからもたらされたとは到底思えない。二の腕も太腿も、まるで筋肉の鎧《よろい》に覆われているようだ。だというのに、プロレスラーのようなマッチョな印象はなく、しなやかさを感じさせる長身は、武道によって鍛えられたものだからだろうか。

「お気に召していただけたようで」

「……っ！」

おどけた調子で言われて、寒河江は我に返った。慌てて手を離す。掌には、神蔵の硬い筋肉の感触が、しっかりと残っていた。

「美人にされるセクハラなら大歓迎だ」

「セク……っ、な……っ」

絶句する寒河江を、「意外と表情豊かなんだな」などと茶化して、神蔵は向かいでニコニコとふたりのやりとりを眺める教授に、お茶のお代わりを頼んだ。そして、菓子器からどら焼きの包みを取り上げる。

大きな手が器用に個包装を解くのに見入っていたら、なにを勘違いしたのか、神蔵はどら焼きを半分に割って、片方を寒河江に差し出してきた。

「……え？　いや……」

欲しくて見ていたわけではない……と、両手を顔の前で振るものの、「気に入っておったろう？」という教授の指摘に邪魔される。

「ここのは餡子《あんこ》が絶品なんじゃ」

そういう教授は、大きなどら焼きをすでに平らげていた。

「あ…りが、とう」

受け取った半割のどら焼きを、寒河江はもそもそと口に運んだが、神蔵はもののふた口で胃におさめてしまう。

「旨いっすね、ここの」

「じゃろう？　このせんべいも旨いぞ」

「別の店ですか？」と訊きながら、すでに個包装を破っている。歯触りのいい音をさせたあとで、「先生、これ食べて入れ歯、大丈夫なんですか？」などと言い、「儂の歯は自前じゃ！」と、教授の不興を買った。たしかに、あのせんべいは、美味しいけれどちょっと硬めで、食べると顎が疲れる。

仲のいい祖父と孫のやりとりのようで、寒河江は思わず笑ってしまう。クスクスとお腹を抱えると、健康そのものの歯で教授おススメのせんべいを咀嚼《そしゃく》し終えた神蔵が、「笑うとずいぶんと印象が変わるな」と、感想を述べた。

「女どもが、さらに騒ぎそうだ」

「まさか。きみじゃあるまいし」

返す言葉に深い意味はなかったが、神蔵は「ふうん？」としたり顔。寒河江はようやくどら焼きを食べ終えて、温くなったお茶を啜《すす》った。

神蔵との会話は、なんだかペースが掴《つか》めない。

でも、嫌ではない。むしろ、心地好い。

旅の話とお茶の話と法律の話の合間に他愛ない会話を挟んで、お茶会は予定外に長い時間に及んだ。

教授が満足してふたりが解放されたとき、すっかり陽は落ちて、構内に学生たちの姿もまばらになっていた。

「腹が減ったな」

あれだけお茶菓子を食べたのに、神蔵が空腹を訴える。ジェスチャーつきで「いけるくちか？」と、訊かれて、寒河江は「それなりに」と返した。

「なんか食って、少し呑んで帰らないか？」

このときにはもう、今日はじめて口を利いた相手であることなど、気にならなくなっていた。それどころか、教授を交えず、話をしたいと思いはじめていた。

「いいよ。どこかアテがある？」

店の候補はあるのかと尋ねると、神蔵はしばしの思案を見せ、「うちにしよう」と言い出した。

「俺、車だった」

忘れて電車で帰るところだったと、神蔵が頭を掻《か》く。学生用の駐車場に、愛車が停めてある。呑んでしまったら、運転はできない。

「台湾で旨い高粱酒《こうりゃんしゅ》を買ってきたんだ。ほかにもいくつかストックがある」

つまみは自分がつくると言われて、寒河江は「料理するのか？」と、尊敬の眼差しを向けた。

「ひとり暮らしで、やらざるをえないだろう？」

寒河江もひとり暮らしだが、自宅では湯を沸かすくらいしかしたことがない。この四年間を、ちょっとだけ反省した。

「行こう」

家呑みの誘いに寒河江が頷く前に、腕を捕られていた。

大きな手が、強い力で寒河江の腕を掴んでいる。引きずられるようにして駐車場に辿《たど》りついて、エスコートするかのように車の助手席のドアを開けられた。アウトドア仕様の四駆に、有無を言わさず乗せられた。

車の運転の上手い異性にときめく女性の気持ちが、少しだけわかった気がした。大学入学後早々にとったものの、寒河江の免許証は、身分証明書の役割しか果たしていなかったから……。

車通学していたわけではないという神蔵のマンションは、大学からいくらも走らない距離にあった。寒河江のマンションと、駅ふたつしか離れていなかった。

男友だちの部屋に招かれる。ただそれだけのことなのに、妙にドキドキした。今日はじめて口を利いたばかりの相手の部屋だから、というわけではない。

それは予感だったのかもしれない。

あるいは期待だったのか。

玄関ドアが閉じられた瞬間、寒河江はおおいかぶさってきた大きな影に、視界を遮られていた。


靴を脱ぐ間もなく、壁に押さえ込まれていた。

そして唇に触れる熱。

あまりに唐突で、驚きに目を見開くことしかできなかった。慣れた手管で唇を奪われ、深く合わされた。

「……んっ、ぁ……っ」

最初に強引に奪っておきながら、口づけはすぐに甘さを帯び、押さえ込む手にも絶対に振り払えないほどの力は込められていない。

ただ、軽く手首を捕らえられ、指と指を絡めるように合わされているにすぎない。

なのに抗えず、唐突な口づけを拒むこともできず、それどころか手管に流されるままに応えてしまう。

それでも、理性まで消えたわけではない。

「やめ……っ」

力のない抵抗が、逞しい肉体をより密着させ、口づけに濃密さを与える。口腔内を貪られ、舌が痺《しび》れるまで吸われて、膝から力が抜けそうになる。

「そのつもりでついてきただろ」

腰に腕をまわされ、吐息が触れる距離で低く囁《ささや》かれた。

このときようやく気づいた。

会話のペースを乱されていたわけではない。あれは懸《か》け引きだったのだと。

「うちで呑もう」という誘いに頷いたときに、こうなるとわかっていたはずだと、追い詰められる。

「そんな…わけ……っ」

否定する声は掠れ、震えていた。

震える唇を、軽く啄《ついば》まれる。何度も。

「嘘つくな。俺の身体に、興味があるんだろう?」

「……っ!?」

唇に注ぎ込むように言われて、反射的に目を瞠った。すぐ間近に、見下ろす眼差しがあった。獲物を狙う、牡《おす》の目だった。

「俺も、おまえの白い肌に興味がある」

襟元を乱され、そこに唇を落とされた。軽く吸われて、ちりり…とした痛みを感じる。

「神蔵…く……」

わずかながらに抗っていた腕から力が抜けた。その手を、広い背にまわした。

「晨でいい」

こんなときに名字を呼ぶなど野暮だと返される。「絢人」と耳朶《じだ》に甘く呼ばれて、背に震えが走った。

唇に耳朶を擽《くすぐ》られる。

大きな手に腰を引き寄せられ、布ごしに猛々しい昂りが触れた。神蔵の牡が、欲情していた。それは間違いなく、寒河江に向けられた欲だった。

「酒じゃなく、俺に酔わせてやる」

気障なセリフも、茶化す余裕などない。

「あ……」

完全に腰が砕けた。

アルコールはもちろん、お茶酔いしたわけでもなかった。この男の存在感に、出会った瞬間から酔わされていたのだ。

寒河江の肩からコートを落とし、力の抜けた痩身を抱きかかえるようにして、神蔵はまっすぐにベッドルームに足を向ける。

ピンッと張られたシーツに放られて、その少し荒っぽい扱いにも、脳髄が痺れるような恍惚《こうこつ》を覚えた。

体勢を整えるまえに、ジャケットを脱ぎ捨てておいかぶさってきた大きな体躯に押さえ込まれる。

視線が絡んで、唇が触れ合う。ごく自然と、広い背に腕をまわしていた。

どうしてこんなことを受け入れているのか、わからないままに、流される。これまで同性に対して、こんな気持ちになったことはない。自分にそんな嗜好《しこう》があるとも、思っていなかった。

隠された欲望があったのか。それとも単なる好奇心だろうか。

春になれば、小さな汚点すら許されない、官僚人生がはじまる。ただ一度の失敗が人生の転落に繋がる、闘いの日々だ。

そのまえに、満たしておきたい欲望があったのか。己の内に、そんな浅ましさが潜んでいたなんて、考えたくもない。

けれど、そんな理由しか思いつかない。それ以上のなにかなんて……。

「あ……ぁ……っ」

白い肌を露わにされ、これまで存在すらとりたてて意識したことのなかった胸の突起を指先に捏《こ》ねられる。舌先に囚われ、きつく吸われて、白い喉が震えた。

いじられて真っ赤になったそこは、過敏なまでに反応して、じくじくとした疼《うず》きを腰の奥まで伝えてくる。

普段ストイックな肉体は、一度火がつくと脆《もろ》かった。

大きな手に肌をなぞられるだけで、腰が跳ねる。甘ったるい吐息が喉を震わせる。

寒河江の反応を、神蔵は愉快そうに見下ろしている。口許には笑み。だがその瞳には、牡の情欲。

力強い眼差しに見つめられるだけで、身体の力が抜けていく。肌が熱を持って、恥ずかしい反応を見せはじめている。

情けないことにも、広い背にひしとしがみついているのが精いっぱいだった。

自分が組み伏せられる立場での情交など当然はじめてだし、何よりこんなふうに刹那的な関係を持った経験などかつてない。

人並みの経験はあっても、それは常に女性主導のもので、自ら積極的に欲望を追い求めた経験などなかった。自分は淡泊だと思っていた。なのにどうしたことか、今は湧き起こる熱い奔流を止められないでいる。

「は……ぁっ、や……っ」

反射的に声が溢《あふ》れるのはどうしようもなかった。

白い喉に食いつかれ、胸をいじられ、局部に伸ばされた手が、浅ましい欲望を露わにした場所を握り込む。

受け身でいる羞恥も感じる余裕もないほどに、はじめて知る喜悦に翻弄される。ひとの手からもたらされる快感がこれほど深いものとは、寒河江は知らなかった。

「ひ……っ、あぁっ！」

いきなり根本まで咥《くわ》えられ、荒々しい口淫に腰が跳ねる。太腿を大きく開かれ、局部を露わにされて、奥に長い指が伸ばされても、激しい情欲に呑み込まれていて、咄嗟に気づくことができなかった。

前から滴った蜜を塗り込めるように、親指が後孔に沈む。

「ん……ぁっ」

内腿の際どい場所に愛撫《あいぶ》を落とされ、じわじわと肉体を拓《ひら》かれる。

欲望をあやしていた舌が後孔に落とされ、その場所を解すように舐《ねぶ》られて、寒河江は甘ったるい声を上げた。

「あ……あっ！」

熱く蕩《とろ》かされて、痩身がくねる。寒河江の反応に目を細めて、神蔵は内部を探る指を増やした。感じる場所を擦り上げられて、欲望が震え、寒河江は神蔵の眼前で情欲を弾けさせてしまった。

「……っ！　ん…ぁっ」

瘦身が、ぐったりとシーツに沈む。神蔵の指が、薄い腹に散った白濁を、塗り込めるように動く。胸の突起まで汚したそれを舌で舐め取って、青苦い味が残ったまま口づけられた。

「誰かに、されたことがあるのか？」

「そんな…の、な…い」

あるわけがない…と、弱々しく頭《かぶり》を振り、力の入らない指で逞しい肩を包むTシャツに縋《すが》る。

「そのわりに、感じやすいな」

いやらしい肉体だと耳朶に揶揄《やゆ》を落とされて、寒河江は涙に潤んだ瞳で神蔵を睨み上げた。

「そういう顔は逆効果だと、覚えておいたほうがいい」

「な…に……、……っ⁉」

蕩かされた場所に、あてがわれる灼熱。寒河江が目を瞠った瞬間、脳天まで突き抜ける衝撃が襲った。

「ひ……っ！」

ズ…ッと、剛直が捻じ込まれる。反射的に、縋った背に爪を立てていた。

「痛……っ、や……ぁっ、あっ！」

容赦なく捻じ込まれ、悲鳴すら喉の奥に消える。無意識にも逃げようとする身体を、神蔵の大きな手が細腰を掴んで阻む。最奥を穿《うが》たれて、細い背がシーツから浮くほどに撓《しな》った。

「ひ……っ、あ……ぁんっ！」

寒河江の身体が馴染むのを待つこともなく、荒々しい抽挿が襲う。衝撃と苦痛と、だがたしかに、奥から湧き起こる快感があった。

やがてそれが、慣れない肉体を拓かれる痛みすら凌駕《りょうが》して、濃すぎる愉悦が肉体を支配しはじめる。

「あ……ぁんんっ！」

感じ入る声が溢れるのを止められない。

濡れきった表情を曝《さら》して、律動を受け入れ、もっと深くと誘うように、屈強な腰に自ら下肢を絡める。背に縋る指先は切なく爪を喰い込ませ、責める男を煽《あお》りたてた。

「絢人」

甘ったるい声が耳朶をかすめ、唇に落とされる。

涙に濡れた長い睫毛を瞬かせ、「神…蔵?…」と問いかけると、「野暮だぞ」と腰を揺すられる。

「あ……んんっ！」

濡れた音が立って、首筋に食いつかれた。歯を立てられて、ゾクゾクとした感覚が首筋を震わせる。それが結合部にも伝わって、寒河江はたまらず、目の前にある屈強な肩に噛みついた。

「晨……晨……っ」

唆されるままに名を呼ぶと、身体の深い場所を犯す熱が激しさを増す気がして、ますます甘ったるい声がとまらなくなる。

一際深い場所を穿たれて、寒河江は白い喉を仰け反らせ、感極まった声を上げた。

「――……っ！」

白濁がふたりの腹を汚し、その直後、最奥で熱いものが弾ける。

「……っ」

頭上から低い呻《うめ》きが落ちて、その艶っぽさが鼓膜を焼いた。余韻という名の焦燥が腰を揺らして、寒河江はか細い声を上げながら、広い背を掻き抱く。

最奥を汚された。同性の情欲に。

その背徳感がたまらない歓喜となって、全身を駆け巡る。その事実を、認めざるをえない。

「あ……ぁっ、晨……っ」

「そんな声で呼ぶな」

無茶をしたくなるだろう？　と、唇を触れ合わせながら言われて、寒河江は軽く噛みついた。

「誘ってるのか？」

「あ……んっ」

繋がった場所が疼くのだ。激しい頂を見た直後だというのに、足りないと訴えている。だというのに、神蔵は身体を放してしまう。物欲しげな目をしていたのだろうか、宥《なだ》めるようなキスが落とされた。

そんな寒河江の目の前で、神蔵は着ていたものを脱ぎ落とし、逞しい裸体を曝す。それに見惚れていたら、また肌が熱くなってきて、寒河江は情欲に瞳を潤ませた。

「ヤらしい顔してるな」

揶揄の言葉とともに手を伸ばされる。不服を示すように払っても、他愛ないとばかりに上体を引き上げられ、先に乱された着衣を、今度は最後の一枚まで剥ぎ取られた。

神蔵の逞しい腰を跨《また》ぐ恰好で、対面に抱かれ、情熱的な口づけを交わす。

下からあてがわれる欲望の熱さに、蕩けきった腰が揺れた。寒河江自身は、もはや触れられることなく頭を擡《もた》げている。

「あ……ぁっ、は……っ！」

下から穿たれ、逞しい腹筋に欲望を擦られる。大きな手に双丘を掴まれ、長い指に繋がった場所を探られる。咬《か》み合うように濃密なキスを交わして、広い背にまたも爪痕を刻みつけた。

半ば意識を飛ばして、広い胸に倒れ込んで、一見無骨そうに見えてその実器用な指に、乱れた髪を梳かれる。

心地好かった。心地好くて、また求めたくなって、そうすると神蔵は、寒河江が何も言わなくても、気持ちを汲み取って、力強く組み敷いてくる。

声が枯れるほどに喘がされ、はじめてだというのに、寒河江は乱れた。神蔵の指に、欲望に翻弄されて、それまで当人すら知らなかった淫らさを曝した。

口づけがこんなに心地好いなんて、知らなかった。

征服される屈辱が恍惚を生むなんて、考えたこともなかった。


瞼《まぶた》越しに感じる朝陽の角度がいつもと違った。

いつになく重い瞼をゆっくりと上げる。自分の置かれた状況を理解するのに、ずいぶんと時間がかかった。

——……っ!?

裸の胸に、頬を寄せた恰好で眠っていた。逞しい腕が、肩にまわされていた。自分のものではない体温に、包まれている。

驚愕もすぎると、人間は反応できないものらしい。寒河江は、広い胸に抱き寄せられた恰好のまま、固まった。

自分を抱き枕のようにして眠る男の顔を確認する勇気もないままに、間近に鼓動を聞いた。

どれくらいそうしていたのか、大きな身体が身じろいで、それから「起きたのか？」と気だるげな声が間近に落とされる。掠れたそれは甘さを孕《はら》んで、寒河江の肌に熱を呼びもどした。

「あ……」

恐る恐る顔を上げて、予想以上に近い場所に端整な面を認める。いまだ眠そうな目が、寒河江を捉えていた。

ドクリと、心臓が鳴った。

吐息のかかる距離に、男の唇がある。昨夜、寒河江の肌を余すところなく暴いた唇だ。

逞しい肩に、自分がつけたものらしい噛み痕。今は見えないけれど、広い背にはきっと、くっきりと爪痕が刻まれているはず……。

「おはよう」

額に押しあてられる熱。それが男の唇だと気づいて、一気に血流が速まる。直後、寒河江がとった行動は、本当に無意識のものだった。

「……っ！」

広い胸を突き飛ばすように跳ね起きて、ベッドの端にあとずさる。肌を曝していることに気づいて、驚いてブランケットを手繰り寄せた。

「あ…の……」

なにを言っていいのかわからなかった。

神蔵は、驚き顔で寒河江を見ている。たった今まで腕のなかにあった体温がなぜ消えたのかわからない顔で、困惑気に眉間に皺を寄せている。

「絢人？」

名を呼ばれて、薄い肩がビクリと跳ねた。神蔵の眉間の皺が深まる。そして、長嘆。大きな身体がむくりと起き上がって、寒河江はまたわずかに肩を震わせた。怯《おび》える必要などないはずなのに、腰が引けるのはなぜなのか。

神蔵が、長い指で乱れた前髪を掻き上げる。ベッドを出て、キッチンからペットボトルのミネラルウォーターを二本、手に戻ってくると、一本を寒河江に投げ渡してきた。反射的に受け取ったものの、旨そうに水を飲む男の横顔を眺めているよりほかない。

心臓は相変わらず煩い。

ブランケットの下で、昨夜の余韻を残した肌は、まだ熱を持っている。

「そんな顔するな」

空になったペットボトルをゴミ箱に放り込んで、神蔵が軽い調子で言った。

「……え？」

自分はいま、どんな顔をしている？　そんな、とは？

わからなくて言葉を返せないでいる寒河江に、つづいて神蔵が向けた言葉が、肌の上に燻ぶっていた、昨夜の甘い余韻を一気に冷ました。

「なかったことにしよう」

そのほうがいいだろう？　と言われて、寒河江は咄嗟に言葉を返せなかった。

――……え？

それはどういう意味なのか。

あんなに熱く抱き合って、何度も口づけて、名を呼び合ったのに？　身体の奥にまだ神蔵の存在感が残っている程に、何度も何度も身体を繋げたのに？

なかったことになど、できるわけがない。どうしてなかったことに、しなければならないのか。

戸惑いに長い睫毛を瞬く寒河江の耳に、信じられない言葉が届いた。

「別に、つきまとったりしない。互いにいい大人なんだ。そんな気になる夜もあるさ。

もっと気楽に考えろよ」

――……っ!?

ああ、そうか……と、ようやく理解した自分が鈍いのか、勘違いも甚だしかったのか。

――遊び、だった？

当然だ。なにもかもはじめての子どもでもあるまいし、ほぼ初対面といっていい同性相手に、本気になるなどありえない。

互いにいい大人だ。欲望のままに抱き合っても、納得ずくなら文句もないだろう。そういうことだ。

そんな簡単なことに、言われるまで気づかなかったなんて、自分はいったいどこの生娘なのか。バカすぎる。

実際問題、同性を受け入れたのがはじめてだったとしても、自分は男だ。責任などと、言ったが最後、笑われるならまだしも、きっと呆れられる。

神蔵にとっては、普通のことなのだ。

彼ならきっと、いくらでもこういう相手がいて、常からあとくされのない関係を好んでいるのだろう。自分は、そのなかのひとりになっただけのことだ。特別じゃない。寒河江にとっては特別な一夜でも、神蔵にとっては、そうではなかった。それだけのことだ。

だから、「なかったことにしたい」と言うのだ。

抱擁の心地好さも、口づけの甘さも、身体の奥深くを貫いた欲望の猛々しさも、すべてが肌の上でいまだこんなに生々しいのに、そんなものは朝陽とともに消し去って、なんでもない顔をするのが、大人の対応？　そういうものなのか？

「シャワー使えよ」

「あ、……ああ」

ありがとう…と、返す以外になかった。

その他大勢と同じに扱われて、悔しかったのに、それを責める理由も資格も自分にはなくて、ただ割り切った関係を受け入れられない己の青さを呪うしかない。

神蔵の言うとおり、いい大人だ。

学生だけれど、成人している。もうすぐ、社会人になる。

充分に大人だ。だから、こんな関係も、普通なのだ。なんでもない顔で、昨夜は楽しかったと笑って、図々しくシャワーを使って、「じゃあ」と別れなければならないのだ。

自分は女性ではないのだし、そういうものだろう。

頭では理解できるのに、胸がきゅうっと締めつけられるような痛みを覚えて、寒河江は唇を噛んだ。

なんだ？　なぜこんなに悔しい？　なぜこんなに受け入れがたい？

なかったことにするべきだ。神蔵の言うとおり、そのほうがいい。それ以外に、どんな選択肢がある？

「シャワー、借ります」

「ああ。飯は？」

腹が空いてるだろう？　と言われて、水すら喉を通らないと思いながらも、「コーヒーだけ」と答えた。彼はきっと、寒河江のために、コーヒーを淹れてくれるだろう。

バスルームで、熱いシャワーを浴びて、床にへたり込んだ。

なにがこんなにショックなのかもわからないままに、寒河江は湯に打たれつづけた。涙が出るわけでもなかった。ただ呆然と、湯が流れる様子を眺めつづけた。

コーヒーだけと言ったのに、部屋に戻った寒河江を出迎えたのは、テーブルに並べられた朝食だった。

リクエストのコーヒーは、カフェラテにされていた。狐色に焼かれたトーストと、黄金色のオムレツ、添えられたトマトの赤い色が目に鮮やかだ。

「まめ、なんだな」

いつもこんなことを？　と、訊くと、神蔵はなぜか少し驚いた顔をして、「いや……」と言葉を濁した。

「気が向いただけだ」

自分が空腹だったのだと、言葉を足した。

昨日、教授室で顔を合わせたときと変わらない表情を繕って、向き合って朝食を口に運んだ。胃は重く、とても食べられないと思ったものの、食べなければいけない気がした。

カフェラテには、ちゃんとペーパードリップで淹れられたコーヒーが使われていた。スチームミルクが、疲れた身体にやさしかった。

神蔵の部屋を出ることがかなったのは、昼前になってから。「送る」と言われて、寒河江は首を横に振った。

遊びで抱いた相手にまで、とことんやさしいのだなと、呆れた。

同時に、この申し出に「ありがとう」と笑って返せないようでは、大人の割り切った関係など結べないのだと知った。

自分には無理だと思った。

一刻も早く、ひとりになりたい。

「ダメだよ。それじゃあ、恋人みたいだ」

寒河江が小さく笑って返すと、神蔵はゆるり…と、目を見開いた。

「そうか……、……そうだな」

言われて気づいた様子で、口許に苦笑を浮かべる。

「楽しかったよ。ありがとう」

「気をつけて」

結論から言えば、神蔵とは、それっきりだった。教授から名前を聞くことはあっても、会う機会のないまま、卒業の日を迎えた。卒業式でも、姿を目にしなかった。

神蔵にとっては、数多の夜のひとつにすぎない。けれど寒河江にとっては、ただ一度の経験だった。当然、忘れられるはずもない。けれど、忘れようと努力した。

人はこんなに容易く恋に堕ちるものなのだと、このときに気づけていたら、きっと何もかもが違っていた。

寒河江は気づけなかった。

本気の恋など知らなかったから。肉欲に流されたのだと思い込んだのでも、後悔したのでもない。ただ、わからなかっただけなのだ。

神蔵の腕のなかで目覚めて、昨夜自分がなにをしたのか、自覚した瞬間に襲った動揺がいったいどういう種類のものなのか、ただ、わからなかっただけ。わからないと自覚することすら、できなかっただけなのだ。

警察庁への入庁が決まった。

伊達眼鏡で素顔を隠すようになったのは、この時だった。

警察官になると言った神蔵の顔が過らなかったかといえば嘘になる。けれど、警視庁勤務のノンキャリアと、警察庁勤務のキャリア官僚との間に、接点が生まれる確率などいくらもないと割り切った。

事実、入庁から十年ほどの間、ふたりの道が交わることはなかった。

上司の勧めで、早い結婚が決まった。

何かから逃げるように決めた結婚だったと、そのときは気づけなかった。けれどのちのち、己の不実さを呪うことになる。

警察官は、早い結婚が望まれる。家庭を持ってこそ一人前と考えられているからだ。それは、警察官僚も同じことだった。出世のためと割り切った結婚を望む者も多い。寒河江も、結果的にそうなった。上司の勧めとは、そういうことだ。

明るい女性だった。生まれ育った環境から、官僚の妻としてどういった資質が求められるのか、わかっている女性だった。

ありがたいと思った。妻を愛せると思った。子どもが生まれて、ひとりの男として人間として、ようやく一人前になれた気がした。

仕事も順調だった。警察庁入庁時に警部補を拝命するキャリア組にあって、寒河江は同期に先んじて警部に昇進し、そして警視への最短記録をつくった。

管理官を拝命し、警視庁の花形である捜査一課で指揮をとることになった。事務方とは比べようもないほどに、難しい役職だった。

上へ行けば行くほど、道が狭くなるのが官僚の世界だ。最終的には、ひとりしか生き残れない。各省庁のトップである事務次官の椅子は、ひとつしかないのだから。闘いに負ければ、天下っていくだけのこと。

失敗は許されない。

刑事たちは、捜査の現場を知らない管理官を軽んじる。使えない烙印《らくいん》を押されたら、それまでだ。

はじめての捜査本部で、寒河江は捜査員たちの信頼を勝ち取った。キャリアとノンキャリアの溝は埋めようがないものの、捜査員たちが自分に合格点をつけたことは、その場の空気で伝わってくる。

捜査員たちに認められなければ、捜査本部は動かない。捜査本部がまともに機能しなければ、事件は解決しない。

いくつかの事件を解決に導いて、上の覚えもめでたく、警視正への昇進も見えていた。

だが、人生が、そう容易いわけがない。

なにもかもが順調に思われた矢先、妻があっさりと逝ってしまった。

警察組織においては、離婚も汚点のひとつに数えられる。死別であっても、普通でないことにかわりはない。

寒河江を守ったのは、警察ＯＢである義父だった。

そのかわりに、孫を渡してほしいと言われた。男手ひとつで育てられるわけがない。いずれは再婚するのなら、前妻の子はいないほうがいいだろう、とまで……。

たしかに義父の言うとおりだった。

警察官僚として、もっと上を望むのなら、子どもにかまけている余裕はない。しかもまだ幼い、さらには双子だ。手がかかる。当然、親権を譲渡するものと思っていたのだろう義父母は、寒河江が応じなかったことに、心底驚いた様子だった。

渡せるわけがない。

寒河江は義父母に土下座して、親権を確保した。絶対に自力で育てると約束した。そのかわり、約束が守れなかったときには、今度こそ親権を渡すようにと念を押された。

子育てがいかに大変なものか、すぐに痛感させられた。それでも、双子を手放そうとは思わなかった。

そんなとき、異動の辞令が出た。捜査一課強行班の管理官から、特殊班の管理官へ。

ドキリとした。そこに、神蔵の名があると、知っていたからだ。

警視庁に出向になったときから、いつかこんな日もくるかもしれないと、思わないわけではなかったけれど、そのいつかが、十年後、二十年後であれば、なんら問題はないはずだった。

特殊班の有能な班長の噂は聞いていた。

だから平気だと思ったのに、顔を見た瞬間に、ダメだと感じた。十数年前のあの朝、自分が感じた動揺とショックの意味に、いまさらのように気づかされた。

あの夜、恋をした。

ひと目で恋をした。

自覚のないままに、それでもあれは確かに恋だった。

抱きしめられて、口づけられて、当然神蔵も同じ気持ちでいるものと思ったのに、「なかったことにしよう」と言われて、だから、あれほどにショックだったのだと、このときようやく合点がいった。

あの朝の悔しさが蘇った。同時に、今でも消えない感情が燻ぶっていることにも気づいてしまった。

そして己の内に生まれたのは、亡き妻と子どもたちへの、深すぎる罪悪感だった。たとえ過去のことであっても、認めることはできない。あの日生まれた恋情が、いまだに消えずにあるなんて、認められるわけがない。

過去も、今現在の動揺も、すべてなかったことにして、鷹揚《おうよう》な笑みの奥に押し込めた。

「寒河江です。よろしくお願いします」

着任の日、自分もずいぶんとふてぶてしくなったものだと思いながら、何食わぬ顔であいさつをした。神蔵は、敬礼で応えた。

あの日の比ではなく、もはや互いにいい大人だ。過去に言及する必要のないことはわかっている。

神蔵にも家庭があった。だが、再会のとき、それはすでに過去形だった。

警察組織にあって、離婚は出世の道を阻むものだ。だというのに、バツ一でありながら、神蔵は若くして警部に引き上げられ、ＳＩＴ隊を率いる立場になっていた。

離婚理由が妻側にあったからだとも、その妻が組織幹部の娘だからだとも噂されているが、いずれも正解だろうことは、寒河江にはわかっていた。実績と後ろ盾があれば、組織から弾かれることはない。

子どもはなく、元妻は早々に再婚したと、しばらくして当人の口から聞かされた。「そうですか」と、聞き流した。

それ以外に言葉が出てこなかっただけだと、悟られるわけにはいかなかった。

けれど、寒河江は知らなかった。

神蔵がまさしく、同じことを思っていたなどと。


「寒河江です。よろしくお願いします」

あの夜、半ば強引に腕に抱いた痩身は、変わらず美しいままだった。

威厳を出そうというのだろうか、あの夜にはなかった銀縁の伊達眼鏡をかけていても、その下の美貌は隠しようがない。

うっすらと笑みを浮かべて、SIT隊員を見やる、その眼光の鋭さは意外であり、また一方で、十数年のときを経て、いまさら知った新たな一面でもあった。

いっときの衝動に身を任せてしまったことに動揺して青くなって震えていた、あの朝の彼とはまるで違った。

自分の選択は正しかったと、このとき神蔵は痛感した。

警察官僚として出世のトップを歩むために、わずかなリスクもあってはならない。同性相手に一夜の過ちなど言語道断だと、寒河江が思っても不思議はなかった。あの朝の神蔵は、寒河江の動揺の意味を、そう受け取った。だから、遊びを繕った。

だが本音では、あのままこの腕に抱いていたかった。

人並みに家庭を持ったものの、つづかなかった。その理由に、いまさら気づかされた。それ以上に、あの夜の衝動に、今になって名前をつけることがかなったことのほうが驚きだった。寒河江が見せた動揺の意味を履き違えていたことにも気づかされた。青臭いにもほどがある。

離婚の直接の理由は妻の浮気だったが、そうさせたのはきっと、自分のなかに消えずにあったこの感情なのだろうと、敬礼を返しながら、神蔵は考えていた。

互いにしかわからない緊張感、視線、わずかな呼吸の乱れ。それらから汲み取れる事実は、ひとつしかない。

3

ＳＩＴの任務の大半は訓練だ。

待機中であっても、訓練に明け暮れる。そうでなければ、交渉術や新しい機材についての勉強を求められる。

待機中の二係は、事件の報が入らないことを祈りつつ、溜《た》まった書類を片付けたり、自主トレに励んだりと、各々の時間を過ごしているが、この日、神蔵《かぐら》率いる一係は訓練日で、チームでのシミュレーションを行っている。

実際に起こった過去の事件から想定して架空の現場をつくり上げ、本番さながらの訓練をするのだ。

刑事部や地域部、機動隊まで巻き込んで行われる大規模なものではなく、ＳＩＴ隊内部で犯人役、被害者役を割り振り、交渉や突入の場面が再現される。

咄嗟の場面での判断を左右するのは経験値だ。だから、何度も何度も繰り返し訓練を行う。

もちろんそれは、隊員に限ったことではない。指揮官である寒河江《さがえ》にも、同じことが要求される。

けれど、本来捜査官ではなく行政官であるキャリアには、数年おきの異動という大きな壁がある。正しい指揮判断を求められながら、専門家にはなりえないのだ。

その溝を埋めるために、ＳＩＴの管理官を拝命してから……いや、強行班の管理官当時から、寒河江は過去事案をまとめた捜査報告書に、時間を見つけては目をとおすようにしてきた。

だが、そうした時間を捻出することも、実のところなかなか難しい。階級が上がれば上がるほど、書類作成と押印に忙殺される。寒河江の立場でこれなのだから、大規模署の署長ともなったら、書類に判を押しているだけで、一日が終わってしまうのではないかと思える。

決裁ボックスに入れられた書類に一通り目をとおして、それから届けられた郵便物の仕分けをはじめる。いつもは取りかかる順が逆なのだが、今日は早く判が欲しいと書類を急がされたため、ついでに先に済ませることにしたのだ。

郵便物も多い。仕事関係のものはもちろん、ＤＭの類も存外と多い。だが、注意が必要なのは、警察宛に送られてくる郵便物は、そうしてあたりまえに届くものばかりではない、ということだ。

至急を要するもの、後回しでかまわないもの、そのまま捨てていいものと、郵便物を仕分けしていた寒河江は、ふとその手を止めた。

ワープロ打ちの宛名と警視庁管内の消印の押された切手、どこにでも売っている茶封筒。

だが、寒河江のアンテナに引っかかった。

宛名には、所属部署と寒河江の名が、しっかりと記載されている。「特殊班御中」といった曖昧な書き方ではない。「寒河江絢人《あやと》殿」と明確に印字されている。

裏に返す。差出人の名前はない。

この時点で、ＤＭの類でないことは明らかだ。もちろん、仕事の関係先から送られてきたものでもない。

一般からの投書だろうか。警察への苦情とか、警察官の不正の告発とか、何かしら事件の匂いを感じさせる訴えだとか。もちろん、悪戯《いたずら》も多い。いや、悪戯のほうが多い、と言ったほうが正しいだろう。

だが、そういったものの多くは、これほど明確に部署名や部署長の名前を書いたりはしないものだ。たいていは「〇〇署長殿」とか、「警視庁御中」とか、場合によっては警視総監宛に届く。

寒河江を名ざしで届いた、不審な封書。

厚みはない。爆発物などの危険はないだろうと判断した。それでも注意しつつ、ペーパーナイフを使って開封する。古い手だが、カッターの刃などが仕込まれていることもありうる。

悪意ばかりを疑いたくはないが、慎重に慎重を重ねなければならないのが、寒河江の立場だ。いや、警察官全員がそうだと言える。感謝される以上に、逆恨みを買う危険のほうが多いのが現実だ。

封筒のなかには、薄い紙が一枚、三つに折りたたんでおさめられていた。そっと引き出す。ただのOA用紙だった。

杞憂《きゆう》だったろうか……と、寒河江が安堵しかかったそのとき、ひとの悪意が文字というかたちになって、寒河江の眼前に現れた。

——……っ!?

『恨』

その一文字が、A4サイズのOA用紙の中央に、印字されていた。

つらつらと恨みを書き綴られるより、不安を煽るやり方。

だが、実のところ、この手の嫌がらせは、はじめてのことではない。名ざしというのははじめての経験だが、責任者宛であれば、過去に何通も受け取ったことがある。責任者とは、もちろん寒河江のことだ。

警察に身を置いていれば、とくに凶悪犯を相手にする部署に所属していれば、寒河江で

恨

なくとも経験する。誰もが……とまでは言わないが、決して少なくはない。

正直、またか……という思いのほうが強かった。

念のため、届いた封書をパウチ袋におさめて、しかし鑑識に回すでもなく、寒河江はデスクの引き出しにおさめた。この程度のことで、組織に迷惑はかけられない。

とはいえ、不安がないわけではない。子どもたちを守れるのは自分ひとりだ。

保育所に、気にかけてもらえるように話しておいたほうがいいかもしれない。

プライベートの携帯端末を取り出し、子どもたちの位置情報を確認する。当然だが、双子は保育所にいる。

メールより電話のほうが、話が早いしニュアンスも伝わりやすいだろう…と考え、席を立とうとしたところで、ノックの音に邪魔された。

寒河江の応えを待って、「失礼します」と入室してきたのは、最近になって二係に配属された女性SIT隊員。自ら過酷な現場を希望してやってきた、なかなか腹の据わった若い巡査だ。

「高須賀《たかすが》班長から、報告書類をあずかってまいりました」

「御苦労さま」

差し出されたファイルを受け取って、ザッと確認する。熟読はあとですればいい。

「SITには慣れたかな?」

「はい！　毎日班長にしごかれています」

「いずれは交渉のスキルも身につけてほしいけれど、まずは仕事に慣れないとね」

寒河江の言葉に、彼女は少し相好を崩して、「身体中、青痣だらけです」と肩を竦めた。

それでも充実した表情をしている。望んでSITに配属されたのだから、希望に燃えていて当然だ。だが、こういう若さは、危うさをも孕んでいる。注意しなくてはならない。

「期待しています」と、寒河江が労いの言葉をかけると、彼女は緊張みなぎる敬礼をして、そして部屋を出て行った。

ドアが閉まったのを確認して、再びプライベートの携帯端末を手に取る。

登録してあるナンバーをコールすると、すぐに応答があった。聞き慣れたやわらかな声が『こんにちは』と応じる。

『寒河江さん？　どうかなさいました？』

保育士の青年が、いつもの穏やかな笑みが思い浮かぶ声音で尋ねてきた。寒河江は「お仕事中にすみません」と断った上で、「うちの子たちは？」と様子を尋ねる。

『えーっと……、ああ、奏《かなで》くんと三人で絵本を読んでます。呼びましょうか？』

声を聞くためなら、最初から双子のキッズケータイにかけている。

「いえ、結構です。あの……ちょっと、気にかけてもらえますか？　失礼な言い方かと思うのですが、目を離さないでいただきたいのです」

ニュアンスを汲み取ってほしいと思いながら、言葉を濁す。敏い青年は、寒河江の職業とすぐに結びつけたのだろう、『注意します』と硬い声で返してきた。

「すみません。よろしくお願いします」

『今日、お迎えは？』

「少し、遅くなるかもしれません」

そう返すと、保育士は『わかりました』と応じたあと、『ちょっと待ってくださいね』と通話口から遠ざかる。ややして『ぱぱぁ？』と、ユニゾンの声が届いた。様子をうかがうだけのつもりだったが、やはり声を聞くと安心する。保育士の青年の気遣いがありがたい。

「パパ、今日ちょっと遅くなりそうなんだ。ふたりでいい子で待っていられる？」

『うん！　まってる！』

愛らしい声が、寒河江の尖った気持ちをほぐしてくれる。

――大丈夫だ。

なにも起こらない。心配はない。

胸中で自分に言い聞かせて、「じゃあね」と通話を切る。手のなかの携帯端末を見つめて、ひとつ息をついた。

警察組織に身を置く限り、自分が恨みを買うことは、この先も避けられないだろう。寒河江が願うのは、ただ大切な子どもたちがそれに巻き込まれないことだけだ。

せめてもう少し、双子が自分の身を自分で守れる年齢になるまでは……あと十年？　十五年？　いやもっと？　二本しかない自分の腕だけで、果たして子どもたちを守れるだろうか。

こんなときだ。自分がひとりきりだと感じるのは。

大見得をきった手前、亡妻の両親には頼れない。男手ひとつで子どもの世話などできるわけがないのだから手放すべきだと、双子を自力で育てると言った寒河江に反対した実の両親とは半ば絶縁状態で、こちらも頼れない。

キャリアは結局、孤独だ。同期は出世を争うライバルでしかないし、先輩や後輩も同じだ。ノンキャリアの部下との間には、越えられない壁がある。

警察とは無関係の友人をつくろうにも、こちらが権威を手にしているとなれば、そう簡単な話でもなくなる。久しぶりに連絡を寄こした学生時代の友人から、交通違反のもみ消しを筆頭に、許されないことを頼まれる場面は、実際にある。もちろん寒河江は、そのどれにも頷いたことはない。

そんな状況もあって、久しく同窓会にも顔を出していない。友人と呼べる存在は、もはやいないと言っていいだろう。

だから、頼る存在がない。

過去に受け取ったこうした嫌がらせの手紙は、どれも悪戯だった。偏執的に何通も送られてきたものもあったが、今に至るまでつづいているものはない。今回も、悪戯であることを祈るよりほかないだろう。

あれこれ考えながらも手を動かしつづけ、書類の処理を終えて、ようやく席を立つことがかなう。

待機中の二係の部屋に顔を出して隊員を労い、それから一係が訓練を行っている施設に足を向けた。

ちょうど休憩時間にあたったらしい、隊員たちはストレッチをしたり、ベンチで休んだり、汗を拭きつつ水分補給したりと、各々過ごしていた。

「お疲れさま」

「管理官！」

それまでダレていた隊員たちが、ザッと立ちあがって敬礼を返してくる。

二十五歳以下の独身者と、暗黙の規定のある特殊急襲部隊《SAT》と違い、捜査経験も必要とされるＳＩＴ隊員の平均年齢は決して低くはないが、とくに突入班には若い隊員も多い。彼らにとっては、管理官など雲の上の存在だ。緊張は否めない。

本音を言えば、寒河江としてはもう少し砕けてほしいところだが、そうもいかないのが警察組織だ。緊張の面持ちで敬礼を返されるたび、キャリアの管理官は結局、彼らの仲間ではないのだと思い知らされる。

直立不動で並ぶ隊員たちの奥から、長身が悠然と姿を現す。軽く敬礼をして、管理官である寒河江に敬意を払いつつも、神蔵が謙ることはない。

「なにかありましたか？」

「いえ、様子を見にきただけです」

熟練度はどうかと尋ねる。

「新装備の扱いには、もう少し訓練が必要かと思いますが、概ね良好です」

銃火器はもちろん、カメラや集音マイク、熱感知センサーといった情報収集のための機材の取り扱いにも、習熟度が必要だ。素早く正しい情報を集めるためには、経験を積むよりほかない。

技術は日進月歩だ。人命救助に役立つのなら、使える機材はいくらでも欲しい。そのための予算を確保するのは、現場指揮官である寒河江の仕事ではないが、装備が使えるものか否かは把握しておく必要がある。いざ出動となったときに、役に立たないのでは意味がない。

「報告書を上げてください。使い勝手が悪いようなら、変更も視野に入れなくてはなりません」

「了解です」

寒河江の指摘に、神蔵も納得の顔で頷く。

職場で、ふたりが過去に言及することはない。大学時代の他愛ない話すら、ほとんどしたことがない。

同じ大学の出身であることは、経歴に記されているために隊員たちもわかっていることだが、立場が違うと理解しているのだろう、よそよそしさを指摘されたことはない。

すると、神蔵の背後で背筋を伸ばしていた若い隊員——大迫《おおさこ》が、一歩進み出て言った。

「管理官！　意見具申、よろしいでしょうか？」

「なんでしょう？」

下が上に己の意見を述べられないような組織は健全ではない。寒河江は常々、隊員たちに思うところがあれば言うようにと促している。

たとえそれが、自分の在任期間に限ってしか通じない常識でも、理不尽な通例を持ち込むよりはましだ。

「今晩、お時間をいただけないでしょうか？」

言葉の固さのわりに、デートの誘いのようなニュアンスを孕んだ申し出。寒河江が銀縁眼鏡の奥の長い睫毛を瞬くと、大迫は少し相好を崩して、「実は——」と話を継いだ。

「自分の学生時代の友人が店を開きまして。皆を誘って押しかけようかと……近くなんです。ちょっと洒落《しゃれ》た感じの店なので、管理官にも気に入っていただけるかと思ったんですが……」

キャリアである管理官を呑みに誘う捜査員や職員など、SITに異動になるまで、寒河江は出会ったことがなかった。

現場の指揮官たち――つまりは一係を率いる神蔵と二係の高須賀の、部隊を率いるに足る存在感と徹底した部下教育が、この空気を生んでいるのだ。

気安さを許しつつも、絶対の指揮命令系統を保持する。それは、現場指揮官の懐の広さを表していると言っていい。今現在、SITは最強だと、寒河江は自負している。それを、己の裁量と驕《おご》ってはいない。

「気持ちだけ、いただきます」

ありがとうと返すと、大迫は「そうですか……」と残念そうに肩を落とした。

なにがきっかけでこれほど懐かれたのかはわからないが、弟のようで可愛くもある。キャリアとして現場に赴任する限り、部下たちとのこうした触れ合いとは無縁の警察官人生だと思っていたからなおさらだ。

誘いに頷きたい気持ちはあるが、今日はそうもいかない。

「子どもを迎えにいかないといけないから」

そう付け加えると、大迫のみならず、ほかの隊員たちもがハッとした顔になった。寒河江が職場でプライベートに言及することが、これまでなかったからだ。

自分自身、言ったあとで少し驚いてしまった。いつもなら、もっと曖昧に流すのに、どうしてこんなことを言ってしまったのだろう。

拭えない不安が言わせたのか。

視界の端には、神蔵の姿がある。

頼りたい、と心のどこかで思ったのだろうか。

——まさか……。

ありえないだろうと胸中で自嘲して、寒河江は「訓練の報告書を上げるように」と言い置き、背を向けた。

大股に追いかけてくる足音。部下たちと離れ、建物の影に入ったところで、大きな存在感が寒河江を呼びとめた。

「管理官」

ビクリと跳ねそうになる肩を気力で抑え、高鳴る鼓動を押し殺す。

「なにか」

あくまでも上司と部下として接する。第三者の目があろうとなかろうと、自分の態度は変わらないと示すために。

着任以来の寒河江の態度を神蔵が責めたことはない。口ではもちろん、態度でも眼差しでも。こういうこともあろうかと、あの朝「なかったこと」にしたのだから当然といえば当然だ。

一方で自分はどうだろう。視線で神蔵を責めてはいないだろうか。なぜ？　と無意識のうちに問いかけてはいないだろうか。

神蔵と対峙《たいじ》するたび、そんな不安に駆られる。

視線を合わせないのは、それこそが無言のうちに過去に言及する態度だとわかっている。寒河江は、不自然にならないように注意を払いながら、顔を上げた。

最近になって、ようやく間近に対峙することにも慣れてきた。

最初は、顔を見るのも難しかった。なのに、訓練風景を見学しているときなど、自然と目が神蔵の姿を追ってしまうのだから始末に悪い。

今も、間近にある存在感に、逆上《のぼ》せそうになる。

見上げる角度は、過去の記憶と変わらないが、今のほうがずっと逞しく力強い。若さを経験値へと成熟させた、大人の男の艶がある。

「なにか、ありましたか？」

同じ字面でも、先にかけられたのとは、明らかにニュアンスの違う問いかけだった。

「……え？」

思わず問い返して、その意図を問うように長い睫毛を瞬く。

「なにか、心配ごとがあるのでは？」

そういう顔をしていると言われて、寒河江は跳ねる心臓を懸命に抑えた。

「……なにも」

押さえた声でかろうじて返す。

あまりにもタイミングが良すぎる……いや、悪すぎる。

なにも話していないのに、見ていないはずなのに、寒河江の顔色のわずかな変化を読み取ったとでも？

「なにも、ありません」

悪質な悪戯程度、スマートに処理できないようではＳＩＴの管理官など務まらない。

この程度のことで、神蔵の手を煩わせるなんて……。

「ああ――」

そうですね…と、寒河江は誤魔化すための言葉を継いだ。

「特二の新人が、気がかりではありますが」

ずっと女性隊員の配属を拒否していた二係の高須賀が、最近になってようやくそれを受け入れた。さきほど部屋に書類を届けに来た巡査がその新人だ。

寒河江の返答に、わずかに眉間の皺を深めたものの、神蔵は「なるほど」と、表面上は納得してみせる。

「高須賀のあれは、過去の件が尾を引いていますから……でも、大丈夫でしょう」

寒河江が誤魔化したことに気づいていて、話を合わせてくる。寒河江は、それに気づかぬふりをつづけるよりほかない。

「私も、そう思います」

特二の班長を務める高須賀は、SAT在籍当時に、事件現場で恋人を亡くしている。大切な人を助けられなかった過去を長く引きずってきた男が、なにがきっかけとなったのか、最近になってようやくそれを振りきった。ライバルであり命をあずけ合う仲間でもある同僚の置かれた状況を、神蔵は正しく把握しているようだ。同じく部下の命をあずかる立場で、共感するところも多いのだろう。

「それだけ、ですか?」

寒河江が誤摩化しているとわかっていて、追及を深めてくる。

「ほかにはこれといって。皆、優秀ですから」

すべて話してしまいたい気持ちをぐっと抑え、寒河江は軽く返した。

頼りたい気持ちが膨らんでくるのがわかる。ひとつ言葉を交わすたび、自分が脆くなる自覚がある。

頼るのが怖いとも感じる。

一度頼ってしまったら、なにもかもすべてブチ壊してしまいそうで怖い。一度頼ったらもう、神蔵の存在なしに生きていけなくなりそうで怖い。

「なかったこと」にしたはずの過去を持ち出して、男の襟首を揺さぶって、「なぜ？」と質してしまいそうな自分が怖いのだ。

そして、もっとスマートな男だと思っていたのに…と、呆れられるのがなにより怖い。

「そうですか」

納得とは程遠い顔で、それでも神蔵は頷いた。

「自分でお役に立てることがあれば、いつでもおっしゃってください」

憎らしいほどに、寒河江の感情を揺さぶる言葉が継がれる。

部下にもきっと、似たような言葉をかけているのだろう。何かあれば自分を頼れ、かならず助けてやる、と……。

「ありがとう。頼りにしています」

あくまでも職務上は。

それ以上、頼ることは許されないし、許せない。自分に許してはいけない。

デスクに戻ろうとしたタイミングで、緊張感が走った。

『入電！　誘拐事案発生！』

特殊班への入電は、一度通信指令センターに入った通報を、吟味したあとでなされる。

つまり、誤報である可能性は極めて低い。

「……っ⁉」

デスクに駆け戻ると、特二の高須賀が「出動します」と敬礼を寄こす。入電内容を確認して、寒河江は頷いた。

待機中の班が出動すると、もう一班が今度は待機態勢に入る。

寒河江がすぐに出ていくことはない。本部に集まる情報を精査し、正しくＳＩＴを運用するのも寒河江の仕事だ。事件が重なれば、複数の事案を同時に指揮することになる。

先ほど電話で遅くなると伝えたが、保育所の迎えは家政婦に頼むべきだったかもしれない。ひとたび事件が起きれば、無線の前に貼りつくことになる。

だが、この日起きた誘拐事案は、幸いなことに、早々に解決した。

借金苦から誘拐を企てたものの、妻にばれて説得され、誘拐犯が攫《さら》った子どもを連れて出頭してきたのだ。夫婦で土下座をして、誘拐した子の親に泣いて謝る場面まで展開されたが、寒河江の気持ちは冷めていた。

誘拐犯もつらかったのだろうが、誘拐された子どもが受けた心の傷は一生残るのだ。特二には、子どものころに誘拐された経験を持つ隊員もいる。若い隊員が抱えるトラウマを思えば、泣いて謝ったところで許されるわけがない。

だが、そんな個人的な感情は胸の奥底にひとまず追いやって、寒河江は管理官として事務的に事件を処理する。

誘拐犯は取り調べののち起訴され、検察に身柄を送られる。そこでようやく、事件はＳ

ＩＴの手を離れる。

隊員のなかには、寒河江と同じく子を持つ親も多い。誘拐は、なにより忌むべき事件だと、彼らは口を揃えて言う。幼い子どもが犯罪に巻き込まれる事態は、あってはならないことなのだ。

この夜、少し遅くなったものの、家政婦に頼ることなく、保育所に迎えに行くことができた。

「ぱぱぁ！」

「おかえりなさい！」

小さな手で、両側からぎゅうっと抱きついてくる。愛しい体温が、一日の疲れを消し去ってくれる。

延長保育で残っているのは、宙人《ひろと》と天人《たかと》だけではなかった。ほかにもまだ、親の迎えを待つ子どもがいる。それを確認してホッとしている自分が、少し後ろめたく感じられた。ひとと比べて安堵するなんて、どうかしている。

「大丈夫でしたか？」

保育士の青年が、声を潜めて尋ねてきた。

詳細を語れないことはわかっているのだろう、興味本位に訊くことはないものの、子どもの安全を確保するために、必要な情報は与えてほしいとその目が訴えている。

「ご心配おかけしました。たいしたことではないのですが……」

大きな事件が起きているわけではなく、個人的なことだと匂わせる。だがどうしても落ちつかなくて、「しばらく注意していただけると助かります」と頭を下げた。

悪質な悪戯で送られてきた脅迫状など、はじめてのことではないのに、今回はなぜだか気にかかる。以前は妻がいたから……今はひとりだから不安に感じるだけだと言い聞かせても、どうにも不安が消えない。

まったく情けない……と、胸中で嘆息する。寒河江の表情からなにを汲み取ったのか、保育士の青年はニッコリと頷いた。

「わかりました」

親を安心させるための笑みだとわかる。こうした落ちつきも、この仕事には必要なのだろう。おとなしそうに見える青年だが、きっと芯は自分などよりよほどしっかりしているに違いない。

「よろしくお願いします」

深く頭を下げて、両手で小さな手を引き、帰途につく。

翌日、また脅迫状が届いているかもしれないと構えた寒河江だったが、不審な郵便は届いていなかった。

その翌日も、なにもなかった。

やはり悪質な悪戯だったのかと、寒河江は己の杞憂を胸中で嗤《わら》う。小心にも程がある。なにごともなく一週間がすぎて、寒河江は気にかけてくれていた保育士に、「もう大丈夫です」と告げた。

寒河江が「お先に」と退庁したのを受けて、部署を包む空気が実にわかりやすくゆるんだ。神蔵は胸中でひっそりと苦笑する。

寒河江の存在がどうこうというわけではない。どんな組織にもある、上司と部下の間の緊張感だ。とくに警察組織において、キャリアとノンキャリアの間には、絶対に埋められない溝がある。

では神蔵自身はどうかといえば、自分が先に退庁すれば、部下たちは寒河江が帰宅したとき以上に、深い安堵の息をつくに違いない。警察だろうが、民間企業だろうが変わらない。上司というのは、そういう役回りだ。

古びたビルの窓辺から、駐車場を出ていく車のテールランプを見送って、神蔵は眉間の皺を深くした。

すると、芳ばしい香りが鼻孔を擽《くすぐ》って、眼前にコーヒーのカップが差し出されていることに気づく。

「管理官、お迎えが遅くなってしまいましたね」

交渉人の羽住《はずみ》だった。

労いのコーヒーをありがたく受け取って、湯気を立てるカップに口をつける。

「お子さん、まだ小さいのに、よくやってらっしゃいますね」

そういう羽住も、まだ幼い子の親だ。

「……ああ」

本当に。他省庁勤務だったとしても、一年三六五日午前様だと言っても過言ではないのが官僚だ。それが警察官僚、しかも現場の指揮をとる管理官となると、事件という重荷が上乗せされ、多忙さは極まる。

家庭を顧みることなく捜査に明けくれた結果、妻子に逃げられた刑事の話など珍しくもない。それほどに、現場は過酷なのだ。

そんな警察組織の、しかもＳＩＴの管理官という要職にあって、シングルファザーなど、当然前例はないし、次例もありえないだろう。

「なにか、気にかかることでも?」

寒河江の車のテールライトなど、とうに夕闇のなかに消えたというのに、窓の外に落とした視線を上げられずにいる上司に、羽住が何かあったのかと問う。さすがに交渉人だけあって、人間心理を読むことに長けているが、土足で踏み込んでくるような、無遠慮な男でもない。

「あいつは、なにも言わないからな」

自嘲とともに呟《つぶや》くと、羽住が首を傾げた。

「隊長？」

自分の上司はときどき理解不能だとでも、思っているのかもしれない。手にしたコーヒーを口に運びながら、声をかけてきたとき同様、羽住はさりげなくデスクに戻っていく。

自分で役に立てることがあればいつでも……などと、よくも繕ったものだと、寒河江と交わしたやりとりを思い出す。

もっと自分を頼ればいい、甘えればいいと、あの頑なな瞳に言い含めたいくせに。

元同級生だろうと、組織においては上司と部下だ。気安い口は利けない。それがわかっていても、ほかの隊員たちと自分を同列に扱おうとする、寒河江の頑なさに苛立ちを覚える。そうして、直後に己の狭量さを嗤うのだ。

——絢人……。

あの夜、この舌に乗せた名の甘さを今でも覚えていると言ったら、おまえはどんな顔をするだろう。

そんなことを考えては、いい歳をして……と、苦笑する。胸中で。幾度となく、寒河江が着任するより前からずっと、そんなことを繰り返している。

あの朝を、悔いている。

だが今は、それ以上に考えなければならないことがある。

寒河江は、保育所に子どもの安全確保について確認をとっていた。あるルートから、神蔵はその情報を得ていた。

世間は狭い。すぐ身近に、情報をもたらしてくれる存在がある。寒河江が言おうとしないのなら、なおのこと、注意を払うに越したことはない。

男は、パソコンの文章作成ソフトに、「恨」と一文字打ち込んだ。

その文字をドラッグして、文字サイズ変更で最大限に引き伸ばす。

白い紙の真ん中に、「恨」の一文字。

一通目は、一文字だけだった。

それをコピーペーストして、A4サイズのOA用紙に、「恨」の一文字を四つ並べる。

二通目は、これを送りつけてやるつもりだ。

その前に、やることがある。

数多送られてくるだろう、脅迫状のひとつとして、この一通が埋もれてしまわないように。

思い知らせてやらなければならない。

自分の人生を狂わせた男に。

清廉潔白を絵に描いたような男を、地に堕としてやる。

4

事件さえなければ、週末が潰れることはあまりない。

起きた事件の捜査をするのではなく現在進行形の事件に対処するＳＩＴの、これも特徴といえるかもしれない。

そのかわり、ひとたび事件が起きれば、解決するまで現場を離れることはかなわなくなる。だから隊員たちは、休めるときにはきっちり休む。

寒河江《さがえ》も、休日は子どもたちと過ごすことにしている。遊園地や動物園に行くこともあるが、多くは近所の公園に散歩にでかけたり、一緒にお菓子やパンを焼いたり、花壇に花を植えたり……。特別なことをしなくても、ただ親子で過ごす時間を持つだけでも、それは意味のあることだ。

だから、どちらかといえばインドアで過ごすことが多いのだけれど、この週末は、以前からの約束に従って、親子は車で繰り出した。

子どもの望みはできる限りかなえてやりたいと考えている寒河江だけれど、どうしても頷いてやれないでいるおねだりがある。

双子は動物が大好きで、犬も猫も小動物も好きだし、カメやトカゲやヘビも大好き。およそ動物を怖がることがない。将来は獣医だろうか……などと、親バカなことを考えもする。

物心ついたころから、双子は犬が飼いたいと言い出した。

もう少し大きくなって、自分たちでペットの面倒がみられるようになったら……と、ずっと諭していたのだが、妻に先立たれ、寒河江はあまり家にいられないし、子どもたちも昼間は保育所にいて犬の世話をできる人間がいないし……という状況になってしまい、結局約束を反故《ほご》にしたような状況に陥っている。

子どもながらに親の置かれた状況は察しているのだろう、子どもたちは父を責めたりはしないものの、その聞きわけのよさが、かえって寒河江にとってはプレッシャーとなっていた。

せめてもの償いと思い、どこでも行きたいところに連れていくと言ったら、双子は声を揃えて「ドッグラン！」と言った。テレビの動物番組で、飼い主気分を味わうことのできる施設を紹介していたらしい。

触れたらますます欲しくなるのでは……という不安もありながら、それでも子どものおねだりには勝てなかった。

都心に近い場所だったことも、足を向けてみようと考えた理由のひとつだ。巨大な売り場面積を誇るペットショップがウリの商業施設の敷地内に開かれているのだ。

駐車場も完備だし、商業施設内に飲食店も山ほどある。もちろんお弁当を持ち込むこともできる。

だが、親子が施設の受付に辿りついたとき、犬の飼い主気分を味わえるというレンタルサービスは、すでに昼すぎまで予約で埋まってしまっていた。

「ワンちゃん……」

残念そうに柵にしがみつきながらも、双子は駄々を捏ねて泣き喚いたりはしない。

「猫ちゃん、見に行こうか？　猫も好きでしょう？」

ペットショップに仔猫を見に行こうと、ふたりの肩をゆすっても、双子の足は動かない。

その視線は、よく躾《しつ》けられたゴールデン・レトリーバーに向いている。ふさふさの尻尾を振って、人間の歩調に合わせて歩く、利発そうな大型犬だ。どうやら双子は、大きな犬が飼いたいらしい。小型犬には目もくれない。

どうしようか……と、ふたりのキラキラの瞳を見つめて考えあぐねていたときだった。

「わふっ！」

双子の顔の間に、ふいに現れた黒い獣。

「わぁっ！」

「……え？」

慌てた寒河江が双子を抱き寄せようとするより早く、子どもたちは突然現れた黒い獣の首にぎゅむっと飛びついた。

「おっきい！」

「わんわんだ！」

「クゥン」

それは、座っても双子と変わらない大きさの大型犬――ジャーマンシェパードだった。子どもに飛びつかれても、吠《ほ》えるでも暴れるでもなく、大きな犬は悠然と構えている。

「カイザー号だ」

――……え？

聞き覚えのある声が犬の名を告げるのを聞いて、寒河江は驚いて顔を向けた。

職場で見る厳しい表情とは別の顔をした、過去の記憶にあるものに近い印象の長身が、私服に身を包んでたたずんでいる。大股に歩み寄ってきて、双子にしがみつかれて動けないでいる犬の傍らに片膝をついた。

「ワンちゃんの名前？」

「ああ、そうだ。皇帝って意味だ」

驚きのあまり反応できないでいる寒河江をよそに、突然現れた神蔵《かぐら》と子どもたちは、犬

を間に挟んで和やかに会話をはじめる。

「こうてい？」

「えらいひとのことだよ！」

宙人《ひろと》が首を傾げると、すかさず天人《たかと》が言った。

「よく知ってるな」

偉いな……と、ふたりの頭を大きな手で撫《な》でる。父のものとは違う力強い手の感触に、双子は憧憬《どうけい》のこもった瞳を上げた。

「神蔵……」

ようやくその名を口にすると、呼ばれた神蔵はゆっくりと腰を上げて、「偶然ですね、管理官」と口許に笑みを刻む。

――偶然……？

偶然以外になにがあるのかと思いながらも、一瞬過る疑問。だがそれも、目の前の状況の唐突さに頭の片隅に追いやられてしまう。寒河江は犬と神蔵の横顔を、幾度か行きつ戻りつし、ようやく状況を把握した。

「元警備犬なんです。友人が引き取ったのですが、旅行中、あずかってほしいと言われまして」

ドッグラン周辺は、犬連れでの散歩が可能な緑地になっている。大型犬を思いっきり走らせてやれる場所は都会では限られているから、連れてきたのだと神蔵は説明した。

職場と変わらない口を利く神蔵の態度に、寒河江が意図せぬ落胆を覚えたタイミングで、傍らで「やめよう」と嘆息が落ちた。

「おまえさえよければ、だが」

勤務中ではない。立場を忘れた口を利くのを寒河江が許すのなら、今だけはやめよう、と神蔵が提案を寄こす。寒河江は、「ここは職場じゃない」とだけ返した。

「犬が好きなのか？」

カイザー号から離れようとしない子どもたちに視線を落として、神蔵が口許を緩める。

「大型犬に興味があるみたいで」と、寒河江は頷いた。

「犬のレンタルができると聞いて……でも、予約が埋まってて、どうしようかと考えていたところだった」

神蔵は「休みの日だからな」と、周囲を見やって言う。そして、再び双子の前にしゃがみ込んだ。視線を合わせて、「こいつが気に入ったか？」と、カイザー号の背を撫でながら問う。双子はこっくりと頷いた。

「俺は神蔵晨《じん》。パパのお友だちだ」

カイザー号ともどもよろしくな、と微笑む。双子は顔を見合わせ、父を仰ぎ、寒河江が頷くと、パァァ…ッと顔を綻ばせた。

「ぼく、宙人！」

「ぼく、天人！」

元気に自己紹介する子どもたちの頬を大きな手で撫でて、神蔵は頷く。けれどすぐに眉間に皺を寄せて、「どうやって見分けるんだ？」と嘆息した。

「藍色のリボンが宙人、空色が天人」

双子の襟元の細いリボンを指して言う。ふたりの服や持ち物は、いつもそうやって区別している。もちろん、そんなものがなくても、寒河江が宙人と天人を間違えることはないけれど。

神蔵は、「なるほど」と頷いて、ふたりの手にカイザーのリードを握らせた。

「カイザーとあそんでいいの？」

「もちろん。カイザーも宙人と天人と遊びたがってる」

利発な大型犬は、自分より弱い生き物を黒々としたつぶらな瞳に映して、そして「クゥン」と鼻を鳴らした。

「カイザーはボール遊びが大好きなんだ」

神蔵が、使い古された様子のボールを取り出す。

「あそぶ！」

「あそぶー！」

「わふっ！」

双子にしがみつかれた恰好で、カイザーが反応した。

「よし、じゃあ、芝生に行こう」

カイザーにコマンドを与え、双子の手を引く。寒河江は慌てて三人と一匹のあとを追った。

「神蔵、あの……」

「心配ない。カイザーは利口な犬だ。相手の力量を見て力の加減をする」

寒河江が、子どもたちが危険なのではと、心配していると思ったらしい。大丈夫だと微笑みかけてくる。

ドクリ……と、心臓が鳴った。

寒河江が言いたいのはそういうことではなかったが、ではなにを訴えようとして呼んだのかと訊かれれば、ハッキリしない。

ただ、この状況があまりに唐突すぎて、思考が追いついていないことだけは、はっきりしていた。

「カイザー！」

「わふっ！」

神蔵がボールを投げると、カイザーが駆け出す。宙人と天人は、神蔵の両脚にしがみつく恰好で、ぽかんと口を開けてそれを見ていた。

跳ねるボールを追いかけたカイザーが、それを上手にキャッチして、咥えて駆け戻ってくる。そして、神蔵の足元でぴたりと止まって、ボールを落とし、伏せの体勢をとった。

「……すごーい……」

唖然呆然とふたりがカイザーを見やる。そして、弾かれたようにカイザーの首に飛びついた。

「カイザー、すごいね！」

「カイザー、おりこう！」

小さな手でわしゃわしゃと黒毛を撫でる。

「やってみろ」

「うん！」

神蔵にボールを渡されて、まずは宙人がひょいっとボールを投げる。芝生に叩《たた》きつけられたそれを、カイザーのほうがタイミングを合わせて上手くキャッチしてくれた。力の弱い子どもに合わせて遊んでくれる気らしい。

次いで天人が投げると、まるで予期せぬ方向へボールが転がる。だがそれも、カイザーは難なく咥えて戻ってきた。

瞳を煌《きら》めかせ、期待の目で待つ双子の足元にボールを転がして、神蔵が命じたとき同様、伏せの体勢で見上げる。その従順な姿に、双子はすっかり夢中になってしまった。

「カイザー、おいで！」

「カイザー、あそぼう！」

カイザーを間に挟んで、ふたりは芝生の上を転がるように駆ける。寒河江はハラハラと見守るが、神蔵は「大丈夫だ」と悠然と構えている。

「で、でも……」

「男の子だろう？　少々の怪我は勲章だ」

「それは……そうだけど……」

自分がいかに過保護か思い知らされる気持ちで、大きな犬と無心に戯れる子どもたちを目で追う。

すると、力の入りまくった肩に、大きな手が置かれた。

「……っ！」

思わずビクリと肩を揺らしてしまう。配属以来、毎日顔を見ていても、こんなふうに触れられた経験はない。だが、寒河江の戸惑い顔に、神蔵が構う様子はなかった。

「子守りはカイザーにまかせて、ゆっくりしよう」

「……え？　神蔵？」

二の腕を掴まれ、引きずられるように連れて行かれたのは、芝生の広場を囲むようにつくられたカフェスペースだった。ここでお弁当を広げることもできるし、周辺に出店しているワゴンなどで、軽食やドリンク類を買うこともできる。

　空いた席に寒河江を座らせて、自分は目についたワゴンへ。ややして、蓋つきのコーヒーカップを両手に戻ってきた。

「砂糖は入ってないそうだ」

　そう言って渡されたカップは、ブラックコーヒーではなくカフェラテだった。神蔵のほうはブラックコーヒーのようだ。

　過去の記憶を呼び覚ますアイテムにドキリとしながら、礼を言って受け取る。

　ひと口飲んだら、ようやく少し落ち着いた。子どもたちの高い歓声が鼓膜に心地好い。

「カメラは？」

「あるけど……」

「撮ってやれよ」

　言われてようやく、ハラハラと見ている場合ではないと気づく。子どもを撮るために、手に余るデジタル一眼レフカメラもビデオカメラも買ったのに。

　寒河江がもたもたしていたら、神蔵が「貸してみろ」と手を伸ばしてくる。固定しておけばなんとかなるビデオカメラは寒河江に任せ、神蔵は一眼レフを手に腰を上げた。そして、カイザーと戯れる子どもたちにファインダーを向ける。

しばらくシャッターを切りつづけて、ややして駆け戻ってくる。そして、撮った画像をディスプレイに表示させた。

「どうだ」

なかなかのものだろう？　と言いたげな口調だった。画像を捲《めく》っていくと、犬と戯れる双子の愛らしい表情が、生き生きと写し出されている。

「すごい……」

上手いものだな……と、瞳を瞬く。背景が上手くぼかされていたり、一瞬の動きを捉えていたり……。多機能なデジタルカメラを使いこなすことができれば、こういった写真も撮れるのだろう…と思っていた、まさに見本のような画像だ。これまでに自分が撮ったものとは比べようもない。

「被写体がいいからな」

子どもを誉められて、喜ばない親はいない。

だが、つづく言葉には、なんと返していいか困った。

「親に似て、ふたりとも美人だ」

そして、寒河江が手にしたカメラを取り上げると、断りもなくファインダーを向け、シャッターを切った。

「……え？　ちょ……」

さらに何度かシャッターを切って、そして画像を確認する。なかの一枚を選んで、寒河江に見せた。

少し驚き顔の寒河江が、素の……といえば聞こえはいいが、気の抜けた表情を曝している。

「眼鏡なしのほうが、いいんじゃないか」

言われてはじめて、今日は伊達眼鏡をしていないことに気づいた。

冷淡なイメージを抱かせる銀縁眼鏡が、警察官僚として生き抜くためのイメージ戦略だと、神蔵には知られたくなかった。大学卒業後に視力が落ちたと、思わせておきたかったのに。

「あ……」

思わず目許に手をやっていた。

なんと返していいか、わからなくて口ごもる。そんな父を助けようと思ったわけではないだろうが、双子が「ぱぱぁ！」と呼んだ。

遊び疲れたのか、カイザーの大きな身体に抱きつくように、芝生に倒れ込んでいる。その表情は、満足げに輝いていた。

駆け寄ると、小さな手が今度は寒河江のシャツにしがみついてくる。

「わ……、ふたりとも芝生だらけ」

やわらかな髪や洋服についた芝生を払ってやる。その横で、カイザーはおとなしくお座りをして、荒い息をついている。

「ぱぱっ、カイザーがね、ボールをはなさないんだよ！」

「ボールをなげるとね、ちゃんととってきてくれるの！」

憧れの大型犬と遊べて、嬉しくてしかたない様子だ。元警備犬という、しっかりと訓練のなされたカイザーだからこそできることだろう。

「カイザーと遊べてよかったね」

「うん！」

予約が埋まっていると言われたときにはどうしようかと思ったが、結果的によかったかもしれない。

「カイザー、ありがとう」

「わふっ」

寒河江が手を伸ばすと、カイザーは嬉しそうに尾を振った。強面のシェパードが見せる従順な仕種は、なんともいえず愛らしい。

「ぱぱぁ、おなかすいたー」

いまのいままで満足げに頬を紅潮させていたのに、今度は急に口を尖らせはじめる。時計を確認すると、もう昼近かった。

「走りまわったからな。腹も空くだろう」

カメラをいじりながら、神蔵が傍らに立つ。

「石窯焼きの旨いピザを出す店があるんだ。どうだ？」

双子に視線を合わせて提案する。子どもたちの反応は実に明快だった。

「ピザ！」

目をキラキラさせて、父を見る。「いい？」と訊いているのだ。だがそのあとで、ふいに表情を曇らせ、「カイザーは？」と訊く。車でお留守番は可哀想だと言いたいのだ。

「テラス席なら、カイザーも一緒にいられる。それならいいだろう？」

神蔵は、離婚歴はあるものの、子どもはいなかったと聞いている。なのに、自分などよりよほど子どもの扱いに長けているように感じられた。少し悔しい。

「やったぁ！」

双子はバンザイをして、カイザーに抱きつく。両側から首を絞められる恰好になったカイザーは、さすがに苦しそうな顔をした。それでも吠えたり噛みついたりしないのだから立派だ。

「それでいいか？」

子どもの了解をとった上で、寒河江に確認する。いまさらＮＯと言えるわけがない。ずるいやり方だ……と思ったら、つい笑いが零れていた。

「なにかおかしなことを言ったか？」

「いや……上手いな、と思っただけだ」

話の持っていき方が。神蔵も交渉術の初歩的な研修は受けているはずだが、そういうテクニック的なものではなく、天性のものだろう。

するとと神蔵は、カイザーと戯れる双子に視線を落として、「だといいが」と肩を竦める。

「将を射んと欲すれば、ってやつだ」

「……え？」

寒河江が言葉の意味を問う前に、神蔵は子どもたちに手を伸ばした。

「よし、ひとりずつ順番に肩車だ」

「わぁい！」

宙人を軽々と抱き上げて、肩に担ぎ上げる。寒河江では長くはしてやれないが、神蔵は幼児の重みをまったく感じていないかのようだった。

やはりちょっと悔しくて、天人を抱き上げる。肩車は無理でも、抱いてやることくらいはできる。

足元のカイザーが気遣うように見上げて、「大丈夫？」と問うように小首を傾げた。寒河江が微笑み返すと、小さく鼻を鳴らして、尻尾をひとふり。

店に辿りつく前に、神蔵は宙人を下ろして寒河江にあずけ、かわりに天人を肩車する。

宙人はご満悦顔で、寒河江の首にきゅっとしがみついてきた。

テラス席には、ほかにも愛犬を連れた客の姿があった。小型犬に吠えられても、カイザーは悠然としている。

メニューを見ると、ずいぶんと本格的なピザ専門店のようだった。

子どものために、マヨネーズソースやカレーソースを使ったピザはないのかとページを捲っていたら、その手を神蔵にとめられた。曰《いわ》く、幼いころから本物の味を覚えさせるべきだ、と……。

そういう神蔵が選んだのは、マリゲリータやマリナーラといったシンプルなものばかり。そこに、サラダと魚介のフリットを加え、子どもたちにはブラッドオレンジジュース、大人には炭酸水をオーダーする。

果たして子どもに食べられるだろうかと心配する寒河江をよそに、本場に倣ってナイフとフォークで食べるピザを、子どもたちはすんなりと受け入れた。

「たくはいピザよりおいしいね」と発言されて、寒河江は頬が熱くなるのを感じた。いつもそんなものを食べさせているわけではない。ごくたまに、どうしても時間のないときに使うだけだ。

神蔵は、「そいつはよかった」と笑うだけ。子どもたちは満面の笑顔だし、足元でカイザーも満足げだ。

思いがけず楽しい休日になって、寒河江は感慨深く男の横顔を見た。毎日顔を合わせているのに、はじめて知る表情ばかりだった。過去の記憶にもない一面がいくつもあった。

過去の……。

食事の席だというのに、思い出さなくていい記憶を掘り返してしまって、寒河江は慌てた。すぐ隣には、豪快にピザを口に運ぶ男の存在がある。

子どもたちに意識を向けて、十数年を経ても生々しい記憶を消し去ろうと試みるものの、隣から注がれる視線に気づいてしまって、無駄に終わった。

「な…に？」

「いや……」

言葉を濁そうとした神蔵だったが、言葉の先を求める寒河江の怪訝《けげん》な視線に促され、

「職場とはまるきり違う表情《かお》だと思っただけだ」と小さく笑って返してきた。

そっちこそ……と、返そうとして、でも言葉にならないまま開きかけた唇を閉じた。そのまま話題が過去に及ぶのが怖かったのだ。

互いに腫れものに触れるように……いや、触れぬように、そこを避けて、言葉を綴っている。それに気づいていることだけは、互いにわかっている。わかっているのに、言葉にすることができない。

いや、神蔵にとっては、行きずりの一夜にすぎないのだから、きっと笑って話せる程度

の過去なのだろう。それに触れないのは、寒河江の緊張感が伝わっているからかもしれない。
するとと神蔵が、ピザを美味しそうにほおばる双子に視線を戻して——意図してのものか
はわからないが——話題を変えた。
「ちゃんとパパしてるんだな」
シングルファザーになって以降、無関係の第三者からの世辞以外にそんな言葉をかけら
れた経験のない寒河江は、じわり……と湧き起こるくすぐったさと歓喜を押さえ込んで、
「僕にできるわけがないと思っていた？」と、斜に返した。
神蔵は、そういう意味ではないと肩を竦めて、つづく言葉を探すそぶりを見せる。
「子どものいない俺の言うことじゃなかったな」
そう言われてしまうと、斜に構えた自分が申し訳なくなって、寒河江は「そんなことは
……」と首を横に振った。そして、素直な気持ちを口にする。
「そう言ってもらえると、救われる」
揚げ足をとったわけではないと、先の発言を詫びた。
自分の両親とも義父母とも疎遠で、褒めてくれる人もサポートしてくれる人もなく、本
当にこれでいいのかと、自問自答しながらの日々だから、つい構えてしまって、素直に受
け取れなかったのだ。

「僕自身、できるなんて思ってなかった。やらなくちゃ、という意地だけだ」

ちゃんとできている自信などない。

結論は、子どもたちの成長が教えてくれる。いずれ、残酷なほどはっきりと、寒河江の眼前に突きつけられる日がくるだろう。

「……ごめん。よけいな話をした」

言うつもりのなかった、これまで誰にも零したことのない弱音が口をついたと自覚して、寒河江は視線を落とし、瞼を伏せた。

「吐き出せるものは吐き出したほうがいい。ストレスは万病のもとだ」

軽い口調で言われて、寒河江は落とした視線を上げる。

「おまえががんばっていることは、こいつらを見てればわかる」

子どもは親の鏡だ。双子の素直さ、無邪気さ、明るさが、家庭のありようを表していると言う。

「……ありがとう」

胸の奥がじんわりと温かくなる。

自分は誰かに、認めて励ましてほしかったのだと、このときはじめて気づいた。

仕事と子育ての両立くらいできなくてどうすると、自分を鼓舞してきたけれど、実際はそんな容易いものではない。本来なら、家族の協力なくてはとうてい難しいことなのだ。

「デザート食うか？」

大人たちのやりとりをじっとうかがっていた双子に、神蔵がニンマリと提案する。「ここのは旨いぞ」と言われて、大きな瞳が輝いた。

「うん！」

「たべる！」

神蔵が店員を呼びとめて、デザートのメニューを届けてもらう。写真入りのそれを吟味して、双子はそれぞれに希望を言った。

「ぼく、ティラミス！」

「ぼく、パンナコッタ！」

宙人がティラミス、天人がパンナコッタ。ふたりで分け合って食べるつもりなのだろう、同じものをオーダーしないところが、なかなかちゃっかりしている。

「ぱぱは？」

デザート食べよう！　と話を向けられて、寒河江は一番甘くなさそうなものを探した。

「パパは、ジェラートにしようかな」

日替わりで何種類かあるなかから二種類を、好みで選ぶ方式のようだ。寒河江がフレーバーに悩むまでもなく、双子が「ブラッドオレンジ」と「シチリアレモン」を選んだ。

ブラッドオレンジは、ジュースを飲んで気に入ったのだろうが、レモンなんて……どうせ自分のデザートも子どもたちの口に入るのだけれど、大丈夫だろうか。

するると、子どもたちの興味が今度は神蔵に向いた。——まではよかったが、双子は思いもよらない単語を口にする。

「おじちゃんは？」

デザートを一緒に食べようと、誘うのはいいが……。

言われた神蔵以上に目を丸くしたのは寒河江だったが、たぶん内心の動揺は神蔵のほうが大きかったことだろう。

「おじ……？　……おい、俺はパパと同じ歳だぞ？」

ずいっと身を乗り出して、神蔵が双子と目を合わせる。強面の神蔵に見据えられても、子どもたちに動じる様子はない。

双子はきょとんっと、目を丸め、顔を見合わせ、首を傾げた。

折れたのは神蔵だった。

「……いい。気にするな」

言葉とはうらはら、かなり気にしている様子で、眉間の皺は消えないままだ。

今度は寒河江が噴き出す番だった。

「……くくっ」

思わず肩を揺らしてしまって、慌てて口許に手をやる。

「……おい」

神蔵の不服気な声がフォローを求めているけれど、果たしてどう諭せというのだろう。

「だって……」

たまらずクスクスと笑うと、子どもたちが「ぱぱ?」「なにがおもしろいの?」と、こちらに興味を向けた。

「なんでもないよ」

「なんでもなくないだろ」

子どもたちより早く、隣の神蔵がボソリと反応する。むっつりと頬杖をついて、寒河江の横顔に細めた視線を注いでいる。

「気にするんだ? そういうこと」

おじさんと言われても、否定はできない年齢に差しかかっていると思うのだが……。寒河江がそう言うと、「そういう意味じゃねぇよ」と、またもボソリ。

その意味を寒河江が問う前に、神蔵は店員を呼びとめ、デザートのオーダーを入れる。自分と寒河江のためのエスプレッソも忘れなかった。

「ぱぱとおじちゃんだけでずるい~」

大人ふたりが笑い合っているのはずるいと、双子がすねる。笑っているのは寒河江だけであって、神蔵の頬は引き攣《つ》り気味なのだが、その表情がよりおかしくて、寒河江はまた笑ってしまう。

「意外と笑い上戸だな」と、届けられたエスプレッソのカップを取り上げながら、神蔵がニンマリと言う。寒河江のクスクス笑いは、そこでようやくとまった。注がれた視線が、奇妙なほどに熱かったから……。

逃げるように視線を落として、ティラミスとパンナコッタを分け合って食べる双子の前に、ジェラートの器を滑らせる。

双子から「あーん」と差し出されるスプーンそれぞれから、ティラミスとパンナコッタのおすそ分けをもらって、ジェラートもひと口だけ。あとは子どもたちの旺盛な食欲に任せることにする。

舌に残る甘さをエスプレッソで流している間も、隣から注がれる視線の熱さを意識しつづけた。

その熱さを、受けとめたい、受け入れたい、そんな衝動が湧き起こるのを、懸命に呑み込んだ。

宙人と天人がカイザーと離れたがらなくて、帰宅予定時間を大きくオーバーしてしまった。

　いつもは聞きわけがいい子どもたちが、めずらしく「カイザーといっしょがいい！」と、ごねるのを、どうにかこうにか宥めて帰途につくことができたときには、傾きかけた陽がオレンジ色に染まる気配を帯びはじめる時間になっていた。

　東京湾に近い施設からは、都会にあってもそれなりに綺麗な夕陽が望めるらしく、惹かれる気持ちもあるにはあるが、あまりゆっくりもしていられない。

　子どもたちをおとなしく車に乗せるために、神蔵とカイザーが見送ってくれることになった。

　駐車場の端に停めた車の周囲は、もはや帰途についたのだろう、駐車スペースはまばらに空いていた。

　この時間から訪れる客なら、もっと施設に近い場所に停める。寒河江はいつも、駐車待ちをするのが面倒で、空いている端のほうを選ぶのだ。

　ふたりでカイザーのリードを引いて、子どもたちが車に駆け寄る。それを大人が追っていたのだが、車まであと少しというところで、ふいにカイザーが足を止めた。

「……っ、ぐるる……っ」

　それまで大型犬のやさしい一面しか見せていなかったカイザーが、突然本来の姿を取り戻したかのように、前傾姿勢で唸《うな》りはじめたのだ。

「カイザー……?」

カイザーは、元は警備犬だと神蔵が言っていた。引退した使役犬を、友人が引き取ったのだ、と……。

「離れろ!」

寒河江が反応するより、神蔵の鋭い声のほうが早かった。

子どもたちはきょとんっとしている。寒河江も、咄嗟に反応できない。

神蔵の指示の意味は理解している。カイザーの反応と合わせれば、どんな危険を予測してのものか、わからないはずがない。けれど……。

「宙人! 天人!」

離れろ! と、ふたりを抱き抱えた神蔵が、寒河江をも身体ごとガードする。そして、別の車両の影に親子を避難させた。

「ガウッ! ガウッ!」

カイザーの低い吠え声。

その直後だった。

車体の下と思われるあたりから、もうもうと白煙が上がったのは。

三人の上から、大きな身体がおおいかぶさってくる。

地響きのような爆発音と爆風と火の粉を覚悟した。だが、十秒……二十秒……一分経っても、そのどれも襲ってこなかった。

爆発物ではなかったのか？

恐る恐る顔を上げると、辺りに白い粉塵が立ち込めていた。

カイザーは吠えつづけている。

三人にこの場にいるように言って、神蔵が注意を払いつつ車に近づく。すでに、遠巻きの野次馬の壁ができはじめていた。

携帯電話を取り出しながら、神蔵が車の下を確認する。

「警視庁特殊班の神蔵です。至急、爆対と鑑識を寄こしてください。場所は――」

特殊班の班長が、爆発物処理班と現場鑑識を要請している。電話の向こうで、いったいなにごとかと緊張が走る様子が、聞こえずとも感じられた。

「寒河江管理官の車に、爆発物もしくはそれに類するものがしかけられたと思われます。うちのを寄こしてください」

指令センターにそれだけ言って通話を切り、足元で指示を待つカイザーの頭を撫でて落ちつかせ、神蔵が親子のもとに駆け戻ってくる。

寒河江の腰のあたりにしがみつく双子の頭を、それぞれ安心させるように撫でて、それから寒河江に視線を寄こした。

「心当たりがある、という顔ですね」

口調が変わっている。

元同級生のものから、部下のものへ。

「どういうことですか？」

訊かれた寒河江の頭にあったのは、少し前に届いた脅迫状の件だった。けれど、その程度の封書、これまでに何度も受け取ったことがある。まさか本当に何かしかけてくるなんて……。

「脅迫状が、届いた」

寒河江は苦く吐き出した。神蔵の視線が、スッと鋭さを増す。

「いつです？」

「二週間ほど前……」

自分のデスク宛に、たった一文字「恨」と書かれた手紙が届いたのだと、告白する。

「聞いてませんよ」

返す声には、濃い呆れと非難がうかがえた。組織を管理する立場にある者にしては、あまりにも軽率な判断だと言いたいのだろう。

「悪戯だと、思ったんだ」

申し訳ない……と、瞼を伏せる。

「過去がどうであれ、今度こそ本物ではないという確証はどこにもない。すぐに我々に知らせるべきでした」

反論の余地もなかった。だが、神蔵の厳しい指摘の真意は、寒河江が思っているのとは多少違うところにあったようだ。

「あなたには、守るべきものがある。その安全を、なにより優先させなくてはならない」

そう言う神蔵の視線の先には、不安げな顔で寒河江の腰にしがみつく子どもたち。

「そう……だな」

そのとおりだと頷いて、寒河江は腰を落とした。ふたりをぎゅっと抱きしめて、「大丈夫だよ」と背をさする。

「パパがついてる」

双子はぎゅっと寒河江にしがみついて、こっくりと頷いた。そして、「カイザーもいるしね」と、まずは宙人がニッコリ。つづいて天人が「おじちゃんもいるしね」と、神蔵に顔を向けた。

「おじちゃんじゃない。お兄ちゃんんだ」

神蔵が渋い顔で返して、天人の頭をくしゃりと混ぜる。天人は声を上げて笑った。

そうこうする間に、まずは施設の警備員が駆けつけて、さらにはパトカーのサイレン。所轄署の地域課と機動隊が到着して、規制線が張られたころ、覆面パトカーに分乗した特殊班の面々が到着した。

「班長！」

「管理官！」

特一の面々の駆け寄る足が途中で緩んだのは、寒河江の傍らに子どもの姿を見たからだろう。プライベートに踏み入っていいものか、一瞬悩んだのだ。

そんな部下たちの逡巡《しゅんじゅん》を消し去るように、神蔵が寒河江に言葉を向ける。

「脅迫相手に心当たりは？」

どこで恨みを買ったのかと訊かれて、寒河江は部下たちの手前もあって、つい「ありすぎてわからないな」と、いつものクールな口調で返していた。まるで気にしていない、大騒ぎするようなことではない、と伝えるつもりだった。

それを、神蔵の厳しい声が一喝した。

「これは捜査です、管理官。茶化さないで、ちゃんと考えてください」

なんなら、庁舎に帰って監察官も交えた場所で向き合うかと、強い口調で諭される。自分以上に事態を重く見ている神蔵の対応に気圧されて、寒河江は「すまない」と詫びた。

「強行班の管理官をしていたときの、事件がらみかもしれない」

「心当たりが？」

「いや、特殊班に来てからの事件では、思い当たらない。とすると、そうとしか考えられない」

特殊班の管理官を拝命する以前、寒河江は主に殺人事件を扱う強行班の管理官を務めていた。

扱う事件が凶悪犯罪ばかりなのもあって、すべての事件が解決したわけではないし、どこでどんな恨みを買っているかはわからない。まったく予想だにしない場所で、逆恨みされることも考えられる。

神蔵は、「わかりました」と頷いて、部下たちにいくつかの指示を出し、到着した現場鑑識にも情報を伝える。そのあとで、また寒河江の傍らに立った。

「所轄や公安があれこれ口を挟んでくるでしょうが、この案件、うちにひっぱってください」

所轄署の刑事部や本庁の公安部が、うちで捜査すると口を挟んでくるだろうが、特殊班で捜査できるように取りはからえというのだ。

「やってみよう」

それが管理官の仕事だ。自身が絡む事案からは遠ざけられるのが捜査員の常だが、そもそも自分は管理官であって、直接捜査する立場にない。上をどう説得するかは、寒河江の口八丁といったところだ。

「管理官とご家族の安全は、我々がかならず守ります」

強行班にも警備部にも口出しはさせないと言う。神蔵の言葉が、警察官としての使命感に駆られてのものであっても、部下として上司へのあたりまえの気遣いであったとしても、胸の奥が熱く疼いた。素直に、嬉しかった。

「頼りにしている」

子どもたちを強く抱きしめ、長身を見上げる。

神蔵の視線がわずかに緩んで、「ひとりつけます。今日はお帰りください」と、子どもたちを気遣う。

「大迫《おおさこ》！　管理官とご子息をご自宅へお送りしろ！」

常日頃から寒河江にご執心の若手に命じて、公用車をまわさせる。

「はい！」

直立不動で敬礼する若手に、「次の指示があるまでは、周辺の警備にあたれ」と付け足して、自分は爆対と鑑識が張りつく寒河江の車へと駆けて行った。

白煙が、爆発物などではなく、ただの白煙筒からのものであった報告は、帰宅途中の車中で受けた。

それ以降の報告は、翌朝、自宅を尋ねてきた神蔵の口からなされた。

爆発物に似せて、白煙が噴き出すつくりになっていた機械が、車の下にしかけられていたこと。そのしかけから、犯人のものと思しき指紋が出なかったこと。部品の入手ルートを洗うつもりだが、犯人割り出しは難しいだろうこと。

目的が脅迫であることは明白だが、とりあえず現時点で、寒河江宛の犯行声明文や新たな脅迫状は届いていないこと。

今後、脅迫がエスカレートする可能性が高いこと。つまりは、人命被害が出る可能性が高い、ということだ。

そして最後に、言われた。

「警備部と所轄の地域課に、ご自宅近隣の警戒警備を依頼します。よろしいですね」

課長経由で、すぐに手配すると言う。

そうした采配は、本来なら寒河江の仕事だ。けれど、今回に限っては、神蔵の指示に従うよりほかない。

「頼む」

寒河江には、短く返すことしかできなかった。

「ご子息には、女性隊員を警護にあたらせます。あなたにも、警護の者をつけます」

大袈裟だと、笑い飛ばすことはできない。

神蔵の言うとおりだ。自分には、守るべき存在がある。自分の命に代えても守らなければならない小さな命がある。

警視庁幹部の自家用車が狙われた事件は、新聞のどの面を漁っても、記事にされてはいなかった。そのかわりに、商業施設の駐車場でボヤ騒ぎがあった旨、小さく記事にされていた。

「恨」の文字を四つ並べた脅迫状を、ポストに投函《とうかん》した。

これでわからなければ、実力行使に出るつもりだ。

計画は、綿密に練ってある。

失敗するはずがない。

失敗したところで、自分には失うものもない。

愉快さが込み上げて、パソコンの文章作成ソフトの画面に並んだ「恨」の文字を眺めながら、男は笑った。

自分は悪くない。警察が悪いのだ。真実を見ないから。

法に照らした悪が、真実の悪とは限らない。そんなこともわからない警察には、思い知らせてやらなければならないのだ。

5

双子をあずけている保育所の保育士から、潜めた声で電話が入ったのは、事件の翌日の夕方のことだった。

朝、自宅に迎えに来た神蔵《かぐら》の運転で登庁し、その足で脅迫状についての聴取に応じ、監察に呼ばれ、上司にも報告を上げて、あわただしく己の失態の尻拭いに奔走した一日が、ようやく終わろうとしていた時間のこと。

『あの……宙人《ひろと》くんと天人《たかと》くんをお迎えに、お祖父さんとお祖母さんって方がいらっしゃってるんですけど……』

園長が応対している隙を見て、電話を入れてくれたのだという。

「……え？」

老夫妻の名を確認して、寒河江《さがえ》は庁舎を飛び出した。

「管理官⁉」

待ってください！　と、追いかけてこようとする大迫《おおさこ》を制して、神蔵が寒河江の二の腕を取る。

「管理官。勝手に動かれては困ります」

「神蔵……」

外出するなら警護の者を連れてでなければ困ると、神蔵が眉間に皺を寄せる。だがすぐに、寒河江の様子がおかしいことに気づいたのだろう、「どうなさいました？」と、声のトーンを変えた。

「保育所に、行かせてほしい」

どう説明していいか、わからなかった。

子どもたちの前に現れた老夫妻——亡妻の両親の目的には、予想がついている。けれど、職場で持ち出すような問題ではない。

大迫の視線が気になった。それに気づいた神蔵が、無言で「外せ」と命じる。大迫は一瞬迷うそぶりを見せたものの、敬礼して背を向けた。

「なにがあったんです」

「子どもたちが……」

神蔵の眉間に皺が寄る。子どもたちに危害が及んだ報告は上がっていないが…と言いたいのだろう。それを、「そうじゃない」と寒河江が遮った。

「義父母が、来てるんだ」

だが、ただ心配して訪ねてきたわけではない。だったら、寒河江を飛び越えて、いきなり保育所に孫に会いに行ったりはしない。

「たぶん、子どもたちを引き取りたいと、言いに来たんだと思う」

「ふたりを？」

妻が死んだときに、すでに一度、提案されている。

孫を、引き取りたいと。それを寒河江は、強硬に拒んだ。絶対にちゃんと育てるからと頭を下げて、親権を堅持した。

義父は警察ＯＢだ。寒河江の結婚の世話をしてくれた、警察庁の元上司から話がいったに違いない。そらみたことかと、飛んできたのだ。寒河江から、子どもたちを引き離すために。

「わかりました。行きましょう」

「……え？　でも……」

「捜査状況について、現場責任者として自分がご説明します」

行ってみて、その必要がなければ口出しはしないと、提案を寄こしながらも、すでに神蔵の足は庁舎の車場に向いていていた。

引きずられるようにして助手席に押し込まれ、ステアリングは神蔵が握る。

車中は無言だった。

何か話したい気がしたけれど、言葉にならなかった。口を開いたが最後、泣きごとがとまらなくなりそうで、そんな自分が情けなくて、怖くてなにも言えなかったのだ。

寒河江が保育所に駆け込んだとき、義父母は応接室のソファに並んで渋い顔、その向かいで園長と連絡をくれた保育士の青年が、眉尻を下げて困り果てていた。

その横には、近所の交番から呼びつけられたらしい巡査の姿まであって、かわいそうに恐縮しきっている。警察ＯＢの義父が、かなりの無茶を言ったに違いない。

子どもたちは？　と思ったら、園長と保育士が腰かけるソファの後ろで、抱き合う恰好でうずくまっている。壁との隙間だ。

「ここから動かなくなっちゃって……」

寒河江を出迎えた保育士が、義父母に遠慮しつつ、耳打ちしてくれる。

義父母が、一緒に行こうと手を引こうとするのを「ぜったいにいや！」と振り切って、隠れてしまったというのだ。

ふたりの顔を見て、ひとまず安堵の息をつき、寒河江は義父母に向き直る。

「ご無沙汰しております」

深々と頭を下げると、義父の眉間の皺が深まった。

「どういうことだね、これは！」

寒河江が子どもの親権放棄に応じなかったときから、関係は微妙になっている。

「申し訳ありません」

言い訳してもはじまらない。自分の落ち度であることは、重々理解している。

真摯に詫びた寒河江に対して、しかし義父母の態度は厳しかった。

「ひとりでもちゃんと育てるって、約束したじゃないの！　なのに、こんな……っ」

怪我がなかったのは、カイザーと神蔵の機転のおかげだ。自分ひとりだったら、どうなっていたか知れない。しかけられていたのは爆発物ではなかったと説明したところで意味はない。

「ふたりには警護をつけています。ですから――」

さすがに聞くに堪えないと思ったのだろう、神蔵が安全策を講じていると説明をしようとして、しかし義父の一喝に阻まれた。

「そういう問題ではない！」

頑固な老人に、口応えは厳禁だ。ただひたすらに、頭を下げるよりほかない。

最近保育所は安全対策に力を入れている。祖父母を名のろうとも、確認がとれなければ、園内に入ることすら許可されない。義父が、無理を通すために、いまだ効力を持つ警察権力を利用したのは明白で、それこそ許されないことのはずだが、長く権威に浸かって生きてきたひとに、正論は通じない。

言葉を返したい気持ちをぐっと堪え、寒河江は黙って叱責を聞くつもりでいたが、その隣で、神蔵は引かなかった。

「警察官なら誰でも、多かれ少なかれ、恨みを買ったり、逆恨みされたりする危険性はあるものです。決して管理官に落ち度があったわけではありません」

目上への礼儀に気を使いながらも、堂々と言葉を返す。義父は、値踏みするように神蔵を見た。

「きみは？」

「警視庁特殊班の神蔵と申します」

現場指揮官だとすぐに察した様子で、義父が頷く。

神蔵が一歩前に進み出た。

「今回の件は――」

寒河江の責任ではない。子どもたちの安全も、決して軽んじたわけではない。

そうつづくだろう言葉を、寒河江はあえて遮った。

「神蔵警部、いいんだ」

ありがとう…と、気遣いに感謝する。けれど、家庭の問題に彼を巻き込むことに気が引ける。誰かに縋りたい気持ちはたしかにあるものの、そうすることに抵抗がある。

「ですが……」

納得がいかない…という表情は、あくまでも部下として上司を気遣うものに見えた。本心がどうであれ、第三者の前で素の顔を曝すような男ではない。

「ご心配を、おかけしました」

神蔵を背に庇うように前に出て、深々と頭を下げる。

納得させるのは難しいだろうが、どうにかこの場は引いてくれないか……そんな希望的観測を胸中に過らせた寒河江の甘さを見抜いたかのように、義父が冷たく言い放った。

「ふたりはあずかる。こんな危険な場所に、置いておけるわけがない」

寒河江は弾かれたように顔を上げた。

「それは……っ」

できません！　と返す前に、一喝。

「子どもを巻き込む気か！」

――……っ！

反論のしようのない、厳しい指摘だった。

「なにかあってからでは遅い！　一日中、ついててやるわけにはいかんのだろうが！」

母親のいない家庭で、どうやって子を守るのだと、声を荒らげる。寒河江は押し黙るよりほかない。

厳しい言葉の裏にあるのは、孫への愛情だ。そして、亡き娘への想いと、さらには妻を守れなかった男への歯がゆい感情、だろうか。

「今後の話は、事件が解決してからだ」

「……はい」

たしかに、警察の警護がつくような生活は尋常ではない。保育所周辺と義父母の家の警戒は怠れないが、寒河江の傍にいるより安全なのはたしかだろう。

脅迫犯の狙いが寒河江本人だと、まだ断定されたわけではないが、その可能性が高い。守るべき存在は、危険からできるだけ遠ざけるに限る。

「宙人、天人」

寒河江が手を伸ばすと、ふたりはようやくソファの陰から出てきた。

「ぱぱ……」

ぎゅっとしがみついて、離れようとしない。

愛しい体温をひとしきり抱きしめて、それから寒河江はふたりと視線を合わせ、言い聞かせた。

「パパ、お仕事が忙しくなりそうなんだ。ご飯もつくれないし、ご本も読んであげられない。だから、少しの間、お祖父ちゃんとお祖母ちゃんのところに行っててようね」

ふたりは、何かを探るように大きな瞳を瞬く。

子ども相手だからといって、嘘や方便が通じるわけではない。その純真さで、子どもは大人が誤魔化していることを見抜く。

「……すこし？」

本当に？　と念押しするように、宙人が訊いた。寒河江の胸が、ツキリと痛む。

「少しだよ」

少しのつもりでいる。ずっとにならないように努力する。なんと言われても、子どもたちは手元で育てる。

「ぱぱ、おむかえにきてくれる？」

今度は天人が訊いた。

「保育所のお迎えは、お祖父ちゃんとお祖母ちゃんがしてくれるよ。お仕事が終わったら、お祖父ちゃんとお祖母ちゃんのおうちに、パパがふたりを迎えに行くから」

だから今だけ……危険が予測される今だけ、一時的に手放すだけだと、胸中で自分に言い聞かせる。

ふたりは手を握って顔を見合わせ、ややしてコクリ…と頷いた。

聞きわけのよさが、今度ばかりは切なかった。泣いて嫌だと駄々を捏ねでもすれば、義父母も諦めてくれるかもしれないのに。

奮闘する寒河江の本心を見抜いているかのように、双子が我が儘を言って手を煩わせることはほとんどない。

幼子に我慢を強いているのではないか。言いたいことを言えない空気をつくり出してしまっているのではないか。悩みは尽きないけれど、でも今だけは……。

悔しいが、義父の言葉は真理なのだ。子どもたちに何かあってからでは遅い。危険から、遠ざけられるものなら、遠ざけておくのが、親としてあるべき姿なのだ。

何度目か、己に言い聞かせて、寒河江は今一度双子をぎゅっと抱きしめた。

この体温を、いっときでも手放すのが哀しくて悔しくてならない。でも今の自分には、義父母に胸を張って、絶対に大丈夫ですと宣言することができない。

歯がゆさを噛みしめて、寒河江は名残り惜しい体温から、そっと手を放した。

「よろしくお願いします」

義父母に頭を下げて、双子の背をそっと押す。

着替えなどの荷物はあとで届けに行くと言うと、「全部こちらで用意します」と、義母に拒絶されてしまった。

「あの……っ」

何度も振り返りながら、祖父母の手に引かれていく双子の背に、搾り出すように呼びかける。不審気な顔で、義父母が足を止めた。

「絵本を、読んでやってください。寝るときに……」

そんなことかと言わんばかりの表情で、義父母は背を向けた。孫の手を引いて、待たせてあった車に乗り込む。

後部シートで義父母に挟まれた双子は、多くの幼児がそうするように、シートに乗り上げて背後をうかがったりはしなかった。

じっと、肩を寄せ合って、シートに座り込んでいる様子が見えるようだった。

——ごめん……。

胸中で、何度も何度も詫びた。

その肩に、そっと置かれる大きな手。顔を上げると、神蔵の力強い視線とかち合った。

「我々が、守ります。ご子息も、あなたも、もちろん、組織も」

揺るぎない声だった。

「神蔵……」

行きましょう、と肩を押される。

そうだ。自分には、やるべきことがある。現場に立って、指揮をしなくては。

そして、事件を解決して、堂々と子どもたちを迎えに行くのだ。

脅迫も、現在進行形の事件であることに違いはない。ほかのどの部署でもない。特殊班の管轄だ。

寒河江宛に二通目の脅迫状が届いたのは、この直後のことだった。

今度は「恨」の文字が、ＯＡ用紙の真ん中に縦横二列で四つ並んでいた。じわじわと追い詰めてやる……！　と、脅迫犯の声が聞こえた気がした。

すかした警視どのは、子どもを手元から遠ざけたらしい。

そんなことをしても無駄なのに…と、次の手を講じながら男は思う。

どうしたら、より苦しめられるだろう。

自分が味わった苦しみを、思い知らせてやれるだろう。

そんなことを考えるのが、楽しくて楽しくてならない。もうずっと味わっていなかった愉快さだ。

盛大にぶちかまして、そしてもろともに地獄へ送ってやる。

世間に教えてやるのだ。警察がいかに信用のならない組織か。いかに弱者を踏みにじってきたか。

なにも知らない仔羊たちに、この俺様が教えてやるのだ。

登庁時退庁時には、特殊班の誰かが警護につく。さすがに自宅内までは踏み込まないが、息の詰まる生活だ。

しかも、唯一の心の安らぎである、子どもたちの顔を見ることがかなわない。毎日、朝晩、メールと電話が入るが、それも祖父母に気兼ねしながらのものらしく、ふたりはディスプレイのなかで顔を寄せ合って、声を潜めている。

幼子に気を使わせる不甲斐《ふがい》なさを噛みしめながら、寒河江は日々を過ごした。

鑑識課から科捜研へまわされた脅迫状からも、偽爆発物からも、さしたる情報はえられなかったが、それでも捜査は続行される。

警察は、身内への攻撃を何より重要視する。警察官が殺されでもすれば、弔い合戦とばかりに大捜査陣容を敷きもする。

だから今回も、寒河江が考える以上に捜査員たちの緊張感は高いものの、誘拐や立てこもりといった新たな事件が起きれば、そちらを優先することになるのは当然のことだ。

今日入った通報は、大手建設会社の社長室に、出刃包丁を持った作業服姿の男が立てこもったというものだった。

取り引きを打ち切られ、孫請けで細々と自転車操業していた会社が倒産して、一家離散。この世を儚《はかな》み、大手建設会社の社長と刺し違える覚悟で立てこもったものの、最終的には、羽住《はずみ》の巧みな交渉と突入班の迅速な行動で、早期解決がかなった。

事件の一報を聞きつけて、立てこもり犯の妻子が駆けつけた。こんな男は夫でも父でもないと見捨てなかっただけ、救いのある結末だった。

「最近、こういう事件が多いですね」

そう零したのは、交渉担当の羽住だった。

「なんつーか、やりきれないですね」

先陣を切って突入して、自分の手で年老いた男を取り押さえたのもあってか、いつもは元気者の大迫の声にも覇気がない。

「しかたないさ。どこもかしこも不景気だ」

「誰かの責任にしたくもなるってもんだ」

古参の隊員ふたりがつづけてそんなことを言って、まだ若い大迫は「そんなもんすかねぇ」と長嘆した。

勤務を二係に引き継いで、特一は自宅待機となる。完全なオフはないと言っても過言ではない。

「報告書類は明日で結構です。今日は皆さん、早めに休んでください」

お疲れさまでしたと寒河江が解散を促すと、神蔵がそれに従うようにと、一同に目配せをした。

寒河江が部屋を出ようとすると、隊員が同時に腰を上げる。今日の警護担当だ。寒河江を守る意味以上に、万が一脅迫犯が襲ってきたときに、ぬかりなく逮捕するためだ。

「もう、必要ないと思うんだが……」

自分の警護など、不要だと隊員を制す。己の一存で決められることではないとわかっていながら、つい口をついて出ていた。

「管理官？」

言われた隊員が、「そういうわけには……」と言いながら、どうしたものかと神蔵に顔を向ける。

部下を制した神蔵が、大股に歩み寄って寒河江の傍らに立った。

顔を上げられなかった。

「行きましょう」

部下から車のキーを受け取って、寒河江の二の腕を引く。

「……っ！　神蔵警部？」

廊下を少し歩いたところで、「部下を困らせないでいただきたい」と、耳元に苦言が落とされた。

「……すまない」

神蔵の腕に引きずられる恰好で廊下を足早に歩きながら、言葉を返す。

「あなたに何かあったら、警察の面子にかかわります」

「……っ」

自分を命がけで警護するのもこうして気遣うのもすべて任務だから…と言われたのだと理解して、寒河江が息を呑んだタイミングで、言葉が継がれた。

「――と、上層部から煩く言われているのではありませんか？」

駐車場に辿りつき、車のドアロックを外しながら、神蔵が言う。

「それ…は……」

そのとおりだけれど、でもこれ以上、自分のために特殊班を動かすのは気が引ける。子どもたちの安全は確保したいけれど、でも……。

「お子さんの警護はもちろん、あなたの安全確保も手を抜くことはできません」

乗ってくださいと言われて、おとなしく助手席におさまった。公用車なら後部シートに乗るところだが、この車は寒河江の私用車だ。

なのに、ステアリングを渡してもらえない。

「あなたに何かあれば、もはやご子息を守る人間はいなくなるんです」

でも今、その息子たちは、義父母のもとだ。自分の保護下にない。警察の警護がついているのだから、ある意味では寒河江の保護下といえなくもないけれど、でも気持ちの上ではまったく別物だ。父として、子どもたちを守れているわけではないのだから。

寒河江が胸中でこだまさせる言い訳じみた愚痴が聞こえるわけがないのに、傍らの神蔵のまとう空気感が変わったと思った瞬間、厳しい指摘が寄こされた。

「無条件にあいつらを愛してやれるのは、おまえだけじゃないのか？」

「……っ」

ぐっと言葉に詰まったのは、返す言葉がなかったからではなく、厳しい言葉の奥に秘められた気遣いとやさしさを感じ取ってしまったから。

ほんの短い時間だったけれど、神蔵は子どもたちを可愛がってくれた。子どもたちも神蔵に懐いたし、カイザーはとてもやさしい犬だった。

「そう……だな」

神蔵の言うとおりだ。

絶対に大丈夫だと、義父母の前で胸を張るために、自分はがんばらなくてはならないのだ。

そんなことはわかっている。

わかっているけれど……。

頭でわかっていても、気持ちがついてこないのは、ままあることだ。

自宅の駐車場に辿りついて、寒河江が降りる前に神蔵が降りて、周囲の安全を確認しつつドアを開ける。ＳＰの基本の動きと同じだ。

玄関ドアを開けるのも寒河江にはさせず、神蔵が鍵を解除した。そうした場所にしかけで口を開く。

「そのように青い顔をなさったあなたを置いて帰るわけにはまいりません」

先の言葉を、そんなふうに言いなおして、寒河江をリビングのソファに座らせようとする。

「……やめてくれ」

差し出された手を払って、背を向けた。

「友人として気遣われるのも、部下として謙られるのも、どっちも嫌か？」

だったらどうしたいのかと、呆れられているのだと感じた。けれど違った。つづいてかけられた言葉も、あくまでも寒河江を気遣うものだった。

「俺の前でまで無理をするな」

今はふたりきりだ。この部屋に盗聴器がしかけられているわけではないし、無線越しに部下が会話を聞いているわけでもない。だから、強がる必要はない、と……。

背中にかけられるやさしい言葉に、心が震える。

縋ってしまいたいと心が揺らぐ。

それを、噛みしめた奥歯と握った拳で抑え込んで、寒河江はゆるり…と首を横に振った。

「……すまない。ひとりにしてくれ」

これ以上一緒にいたら、自分はなにを言い出すかしれない予感があった。だから、あえ気遣う声が、気安い言葉が、今はつらい。頭で考えるより早く、身体が反応していた。

「やめてくれ！」

きつい口調で遮ったあとで、ハッとする。

神蔵は口を引き結んで、責めるでもなく寒河江を見つめている。その眼差しに気まずさを覚えて、寒河江は逃げるように視線を外した。「すまない」と、消え入る声で詫びる。

「いいから、放っておいてくれ」

構わなくていいと返す。

だが神蔵は引かなかった。

大丈夫だから、少し休めば平気だからと言う寒河江の言葉に、呆れた長嘆をついて、首を横に振る。

「そんな青い顔をして、なにが大丈夫なものか」

いいから言うことを聞けと諫《いさ》められて、寒河江はぐっと口を噤《つぐ》んだ。

その反応が、納得してのものではないと感じ取ったのだろう、ひとつ嘆息を落とし、神蔵は「そんなに嫌か？」と訊いた。

「……え？」

「この口調が気に入らないか？」

寒河江が答えあぐねていると、神蔵がまたひとつ長嘆を零した。そして、改まった様子脅迫事件の捜査の先は見えない。

終わりが見えていれば我慢の利くことも、終わりが見えないとなると、途端に苦しくなるものだ。

今現在の寒河江は、まさしくその状態だった。

愛息子たちの安全に対する不安と、いつ襲ってくるかしれない脅迫犯の存在。それ以上に寒河江を苦しめているのは、義父母に息子たちを奪われるのではないかという恐怖だ。

たかが脅迫ごときと、当初は寒河江も考えていた。

その可能性が高い――ほぼ間違いないとはいえ、寒河江狙いと断定されたわけでもない。捜査は、あらゆる可能性を考慮して行われている。

脅迫事案だけなら、どれほど悪辣《あくらつ》なものであろうとも、寒河江はこれほどまでに精神的ダメージを受けはしなかっただろう。

子どもの問題が、寒河江の心理状態に予想外の負荷をかけている。子どもの存在が重荷になっているとは思いたくない。けれど今のこの状況は、子どもがいるからこそもたらされたものだ。

そう考えると、胸が痛んで立っているのもつらいほどだ。すると、またも胸中を読んだかのように、神蔵が声をかけてくる。

「座っていろ。簡単なものなら――」

る爆発物も存在するからだ。

先に立ってリビングに足を踏み入れて、室内の安全まで確認した上で、車のキーをダイニングテーブルに置く。

そして、リビングの入り口に立ち尽くしたままの寒河江を振り返った。

「つかれた顔をしている」

気遣う言葉に、礼を返す気力もない。

「……ああ。今日は、早目に休むことにするよ」

何も考えずに眠れれば、少しは休まるのだろうが、ここのところ眠れない夜がつづいている。

「食事は？　昼もロクに食べてなかった」

何か用意させようかと、携帯電話を手に指摘を寄こす。希望を言えば、部下に届けさせると言うのだ。

いったいいつそんなチェックを入れていたのか。驚き以上に、気恥ずかしさが襲う。いい歳をして自己管理もできないのかと言われているようなものだ。

「……そう…だった、かな……」

昼食になにを食べたかまったく覚えていない時点で、神蔵の指摘が正しいことを現している。食事の世話までかまわなくていいと、情けない気持ちで首を横に振った。

十数年前の、ただ一夜の記憶を……。

ＳＩＴの管理官を拝命して、神蔵と再会して、胸の奥底に沈んでいたはずの感情が思いがけず浮上して、いまさらのように後ろめたさを覚えるようになった。

亡き妻に対して申し訳ないと思う気持ちは消しようがない。それから、子どもたちへの罪悪感も。

自分はずっと、胸の内で妻を裏切っていた。

神蔵の顔を見た瞬間に、その事実に気づかされた。再会の日の衝撃は、忘れられない。たった一度、肌を合わせただけの相手に、自分はずっと囚われつづけていた。

十数年間、己すら欺いて、感情を押し殺してきた。

それに気づかぬふりで、人並みの幸せを手にし、妻を守ることもできず、図々しくも人の親でいることの浅ましさ。

逝ってしまった妻に、いまさら詫《わ》びたところで、望む罵倒《ばとう》が返されるわけもない。罵《のの》しられでもすれば、己の内で納得もいくのだろうが、それすらも自己満足でしかない。

そっと絵本を閉じて、双子の肩にブランケットをかけ直し、スタンドの明りを消して子ども部屋を出る。

極力音を立てないようにドアを閉めて、そして小さく息をついた。

子どもたちが愛しい。自分の命よりも愛しい。

母親のお腹のなかにいたときのことを覚えていたり、子どもの発言にはときどき突飛なものがあるが、あながち嘘《うそ》ではないと寒河江は考えている。

寝る前には、ベッドのなかで絵本を読む。双子は挿絵の美しい絵本が大好きで、ふたり並んでじっと絵本に見入っていることも多いが、やはり父が読み聞かせてやると、反応が違う。

最近のお気に入りは、芸術性に富んだ挿絵が目を惹《ひ》く、魚の物語だ。蛙《かえる》の真似をした魚が、最終的に、自分は魚なのだと気づく、単純に見えて深い物語だ。元デザイナーの経歴を持つ作者の描く世界は、大人の寒河江の目にも美しく、子どもたちが興味を覚えるのもわかる。

最後のページまで、辿り着くことはほとんどない。

その前に、双子は寝入ってしまう。

穏やかな寝顔が、寒河江の一日の疲れを洗い流してくれる。

「また同じ寝相で……」

双子はまったく同じ恰好《かっこう》で寝ていることがままある。というか、大概そうだ。

親でなければ区別がつかないほどにそっくりなふたりの寝顔を眺めながら、寒河江は親でいられることのありがたさと、今日一日を無事に終えられた安堵とを感じる。そして同時に、一生消えることはないだろう後ろめたさを胸の奥底に追いやるのだ。

てそっけない声で態度で、拒絶する。

敏い神蔵に、こんな手が通じるとは思えない。それでも、敏さ故に、寒河江のままならない感情を、汲み取ってほしいと願う。

そっとしておいてほしい。己の内に巣食う弱さを、露見させないでほしい。

必死に願ったのに、神蔵はそれを許してくれなかった。

「寒河江……」

そんな声で呼ばないでほしい。

逃げたくて、発作的に足を踏み出していた。リビングを横切ろうとして、慌てるあまりソファに躓《つまず》いてしまう。

「……っ！」

あっと思ったときには、力強い腕に抱きとめられていた。

布ごしに感じる体温に、ドクリと心臓が鳴る。墓穴を掘ったと、歯噛みしてもいまさらだ。

「大丈夫か？」

間近に、気遣う声が落とされる。

吐息を感じるほど近くだ。寒河江は肌が粟立つのを感じた。

「あ……ああ」

大丈夫だ……と、支える手を放そうとするものの、動揺のあまりよろけて、広い胸に倒れ込んでしまう。

「す、すまない……」

押しのけようとすると、阻まれた。背にまわされた腕に、はっきりと力が加わって、寒河江が離れようとするのを阻んだのだ。

「……っ、神…蔵？　もう大丈夫——」

だから手を放してほしいと訴えても、拘束はゆるまない。

「神蔵……っ」

どうして放してくれないのか？　と、顔を上げた寒河江は、見下ろす眼差しに射抜かれて、動きを止めてしまった。

「……っ」

広い胸に抱き竦められた恰好で、間近に見つめ合う。包み込む腕の力強さが、血流を速め、動揺をより激しいものにした。

「やめて…くれ……」

放してくれ……と、弱々しく訴える。

「どうして？」

神蔵は、まるで取り合う気はないという口調で短い言葉を返した。

「どうして、って……」

この状況こそ、どうして？　ではないのか。

自分は上司で、神蔵は部下で、それ以上でも以下でもない。過去など忘れた。忘れなければと言い聞かせてきた。いまさらなにを言わんとするのか。

あの朝、なかったことにしようと言ったのは自分のくせに。

なのにいまさら、自分になにを求めるのか。なにを変えようというのか。

寒河江の動揺も戸惑いも、言いたいことのなにもかも、伝わっていないはずはないのに、神蔵は引かない。あまつさえ、寒河江が目を背けたい事実を、白日のもとに露見させようとする。

「わかっているはずだ」

どうしてこのタイミングで言うのかと、胸倉に掴みかかりたい衝動を覚えた。それを懸命に抑えて、なにを言われているのかわからないと惚《とぼ》ける。

「なに……を？　……っ！」

誤魔化すのは許さないとばかりに、大きな手に両肩を掴まれた。間近に目線を合わされて、ビクリと背を震わせる。痩身をきつく抱きしめようとする腕の拘束から逃れようと、身を捩った。

「やめろ……っ」

だが、神蔵に力でかなうわけがない。痩身をより深く抱き込まれ、吐息がかかる距離で今一度視線を合わされた。

もはや動けなかった。

あの夜の光景がフラッシュバックする。抗えない衝動に突き動かされるように抱き合った、あの夜の情熱が……。

「逃げているだけじゃないのか?」

神蔵の低い声が、寒河江の弱さを断罪する。思わず息を呑んでいた。

「……っ⁉」

唇を震わせる寒河江に、神蔵は容赦のない言葉を継ぐ。

「死んだ女房や子どもを言い訳にして——」

本心から逃げている。

特殊班の管理官を拝命した日、十数年ぶりに神蔵と対面したあの瞬間に、あの夜からずっと胸の奥底に存在しつづけた感情がなんと名付けられるものだったのかに気づいたはずだと、図々しい指摘を寄こす。

神蔵の言葉が胸に突き刺さった。

カッと頭に血が昇る。

「……っ! 違う!」

自分こそ、卑怯ではないのか。あの夜をなかったことにしておきながら、このタイミングでそんな追及をするなんて。

自分の本心はなにも告げないままに、寒河江だけ責めるなんて。

じゃあ、あの夜はなんだったのだ？　あの朝の言葉は？　いまさらどうして、自分を追い詰めようとするのか。

「わかったはずだ。再会した日に、感じたはずだ」

ずっと忘れられなかったと、己の内の真実に気づいて、恐怖して、気づかないふりを決め込んだ。

寒河江が咄嗟に隠したものに、神蔵は気づいた。なぜなら、神蔵も同じだったから。

「違……っ」

違う違う違う！

がむしゃらに頭《かぶり》を振って、広い胸を押しやって、なんとか逃れようとする。けれど神蔵の拘束はゆるまない。

「寒河江！」

諌めるように呼ばれても、認められるものではない。

心が弱くなっている今だからこそ、認められない。それこそ単なる逃げではないか。

「放……っ」

握った拳で肩を叩く。たいしたダメージも与えられないとわかっていて、自分の拳のほうが痛むとわかっていて、繰り返し殴りつける。その手を、握られた。

「絢人《あやと》！」

――……っ！

名で呼ばれたのは、あの夜以来だ。

寒河江は、肩を叩く拳をゆっくりと開いて、そして神蔵の肩口に指を喰い込ませた。

「なん…で……」

どうして見逃してくれないのかと、容赦のない男を責める。

「この状態のおまえを、ひとりにしておけないからだ」

掠れた声が間近に落とされ、腰を掬い取るように逞しい腕が背にまわされる。

広い胸に、とうとうすっぽりと、取り込まれてしまった。もはや逃げられない。布ごしに伝わる体温が、寒河江の四肢から力を奪っていく。

「卑怯…者っ、いまさら……っ」

吐息にしかならない掠れた声で、それでもかろうじて罵った。

あの朝をなかったことにしておきながら、どうしていまさら手を差し伸べるのか。放っておけばいいではないか。上司と部下として、それだけでよかったはずなのに……！

「神…蔵……」

最後の抵抗を試みる唇を、塞がれた。

「……っ!」

触れた瞬間に痺れが走って、身体中の力が抜ける錯覚を覚えた。そして襲う衝動。あの夜と、同種のものだと、自覚せざるをえなかった。

「……んっ、あ……んんっ!」

大きな手に後頭部を支えられ、深く合わされる。

突き上げる衝動のままに、咬み合うキスに興じる。

「絢人……」

唇に注ぎ込むように、甘く名を呼ばれる。

「あ……ぁ……っ」

背筋を走る、記憶にある情動。膝が震え、立っていることもままならなくなる。

逞しい首に縋って、与えられる口づけに興じた。荒々しいほどに貪り合って、抗えぬ熱の存在を布ごしに感じる。

寒河江の腰を抱き寄せていた神蔵の大きな手が双丘を掴んで、より密着させるように引き寄せる。互いの肉体が昂っていることを知らされた。

脳髄が痺れて、思考が滞る。

いけないと思う気持ちは消えないのに、身体が自由にならない。口づけは甘く、激しく、久しく忘れていた熱を焚きつける。

このまま溺れてしまいたいと、わずかに残った理性を本能が追いやろうとする。この力強い腕に溺れて、ひととき現実を忘れられたら……。

力を失った身体を、ソファに引き倒された。

のしかかる筋肉の重みに陶然として、あやすような口づけに興じる。スーツをはだけられ、大きな手がワイシャツの上から脇腹を撫でた。

胸を揉まれ、いじってほしいと主張する尖りを探り当てられる。ワイシャツのボタンがひとつひとつ外される間も、熱に浮かされたように口づけを交わした。

「神…蔵……っ」

口づけの合間に舌にのせた名は、あの夜の記憶のままに甘かった。

だが、その甘ったるさが、寒河江の思考の片隅に、わずかに残った理性を刺激した。

「……っ！」

逞しい首に縋っていたはずの腕が、その肩を押しのけていた。

だが、屈強な肩はわずかに揺らいだだけ。すぐ間近に細めた眼差しを注がれて、寒河江はゆるく首を横に振った。

「絢人……」

「ダメ…だ……」

こんな、逃げるように縋ることはできない。

いま神蔵に抱かれたら、自分はもう、堂々と子どもたちを迎えに行けなくなる。子どもたちの顔を、正面から見られなくなる。

なのに、神蔵の手は、なおも寒河江の肌を暴こうとする。

「……っ！　ダメだ！」

今度は、強い声で止めていた。けれど、勢い余って、言わなくていいことまで口走ってしまったのは、本当に無意識だった。

「なんのためにあの朝――、……っ」

言いかけて、途中で言葉を喉に絡ませ、神蔵の瞳を見据えたまま目を瞠る。

「絢人……？」

あの朝、なかったことにしようと言われて、ショックを受けながらも頷いたのは、いまさら妻子を裏切り、組織に対しても世間に対しても秘密を抱えて生きるためではない。

そうした重荷を抱え込まないように、なかったことにしたのではないのか。

重荷になりうる事実なのだと、互いに気づいてしまったのは、すべてなかったことにした、あの瞬間だったではないか。

神蔵が目を瞠った隙をついて、大きな身体の下から抜け出す。そして、距離をとった。

「あの朝のことは――」

神蔵が言いかけた言葉の先を聞きたくなくて、寒河江は「帰ってくれ！」と、全身で拒絶する。

しばしの沈黙。

「わかった」と、苦い声が返されて、それから立ち去る足音。

後ろ髪を引かれる想いを押し込めて、男の気配が去るのを、息を潜めて待つ。

玄関ドアの開閉音が鼓膜に届いた途端、寒河江はずるずるとその場にへたり込んだ。

濡れた唇が熱かった。

熱を持った肌が忌々しかった。

何より忌々しいのは、流されてしまいたかったと、心の片隅で思っている自分だ。

神蔵の言うとおりだ。

特殊班の管理官を拝命して、異動初日、十数年ぶりに神蔵と顔を合わせた瞬間に、掘り起こされた感情があった。神蔵の瞳の奥にも、同じものを見た。

なのに、気づかないふりをした。

なかったことにしたのは神蔵のほうだと責任を押しつけて、自分を被害者にして、目を背けつづけた。

本当は、期待したくせに。

すぐにでも神蔵が抱きしめてくれるのではないかと、あの朝のことを、なかったことにしてくれるのではないかと……。

その期待が砕かれて、頑なになっただけのくせして、綺麗事を並べる。亡妻と子どもを言い訳にして……。

乱されたスーツの胸ポケットで、携帯端末が震えた。

受信メールには、可愛らしい画像が添付されていた。保育所で撮ってもらったものだろう、双子が顔を寄せ合って、カメラを覗き込んでいる大写しの写真だ。

父に送る写真を祖父母に頼めるわけがない。保育士の青年が撮ってくれたものに違いない。

『ぱぱ、おしごとがんばってね』と、書かれている。

祖父母の耳を気にしてか、多忙な父を気遣ってか、たぶん両方だろうが、電話ではなくメールを送信してきたのだ。

「宙人……天人……」

ごめん……と、携帯端末を握りしめて詫びる。

事件を解決して、絶対に迎えに行くからと、胸中で約束を新たにする。

十数年も昔の恋心に、いまさら動揺している場合ではない。

十数年を経ても色褪せることのなかった恋情に突き動かされるように口づけ合った。互いに同じ想いを抱えていると確認できた。

それで充分。

それ以上、なにを望む？

甘ったるい恋が欲しいなら、もっと早くに、素直にならなければいけなかったのだ。


日本警察は、それほど無能ではない。

犯人がどれほど巧妙に痕跡を消そうとも、ほんのわずかな手がかりから、犯罪者を割り出す。

寒河江絢人警視が管理官としてかかわった事件の膨大な資料のなかから、偽爆発物に残されたわずかな手がかりから、ひとりの男を浮かび上がらせることは、決して不可能ではなかった。

いつもは犬猿の仲の刑事部と公安部だろうが、標的が同胞となれば話が違ってくる。

仲間への攻撃は、組織への攻撃だ。

警察組織の面子にかけて、犯罪者を徹底的にあぶり出す。

「なめた真似しやがって」

ひとりの捜査員が毒づく。

だが、その鉄壁の包囲網から、犯人の目星をつけられたひとりの男が、忽然《こつぜん》と姿を消した。

気づかれた？　いや、違う。犯人は、行動に出たのだ。

警察の包囲網など気にも止めず、予定どおりの行動に出たに違いない。

「なにをする気だ……」

だが、その報告が特殊班にもたらされるのに、いくらかのタイムラグが生じた。

そのわずかな間が、事件を複雑なものにしようとは、捜査員の誰ひとりとして、考えはしなかった。

6

保育士の青年が、いるはずの双子の姿が見えないことに気づいたのは、お迎えのママたちの最初の波が去ったタイミングだった。

「宙人《ひろと》くん？　天人《たかと》くん？」

双子の祖父母はいつも少しお迎えが遅れ気味で、それは住まいが遠いためだと彼も承知している。

ハンサムな父親を自慢にしている双子が、大好きな父親と離れて、なぜ祖父母のもとにあずけられているのか、家庭の事情も聞いて知っている。

もちろん、保育所に勤務する限り、あずかっているどの子の安全にも注意を払うのが義務だけれど、とくに双子に関しては、気をつけるようにしていた。

なんといっても父親の職業が職業で、どんな危険がありうるかしれないとなれば、保育士としての立場で、少しでも力になりたいと思う。

だから彼は、極力双子の傍にいるようにしていたし、ここ最近はとくに意識的に注意を払っていた。

だというのに、その双子の姿がない。

「宙人くん⁉　天人くん⁉」

血相を変えた青年の様子に気づいて、保育士仲間が声をかけてくる。

「どうしました？」

「宙人くんと天人くん、見ませんでした？」

ただごとではない様子に気づいて、園長も駆け寄ってくる。

「え？　お祖父ちゃんとお祖母ちゃんのお迎えは……」

「まだです！　でもいないんです！」

「そんな……っ」

青褪《あおざ》める一同が顔を見合わせたタイミングで、老夫婦が保育所の門を入ってくる姿が見えた。

保育士たちの様子を訝《いぶか》って、老夫妻は顔を見合わせ、次いでその皺深い顔を見る見る強張らせる。

「なにか、あったんですか？　孫になにか……っ」

保育士の青年は、慌てて携帯電話を取り出した。登録ナンバーのひとつを呼び出す。数度のコールが、やけに長く感じられた。

世の中に不景気が蔓延して以降、日本でも強盗犯が増えている。

昔ながらの、職人芸的窃盗犯ではなく、強盗だ。窃盗と強盗の違いは、人を傷つけたか否かによる。

泥棒刑事――略してドロケーとも呼ばれる窃盗犯捜査の専門家集団である捜査三課の刑事に言わせれば、解錠などの特殊技能を持つ昔ながらの窃盗犯は、犯罪者なりに美学を持っていて、基本的に人を傷つけるような粗っぽいやり方は好まないのだという。いかにスマートに盗みを働くかが、彼らのステイタスなのだ。

そうはいっても、犯罪は犯罪。スマートもなにもないのだが、人を傷つけて金品を奪うより、誰も傷つけることなく盗みを働くほうが、たしかにマシだと言えるかもしれない。

過去日本には、そうした職人的窃盗犯が多かった。

だが昨今、大陸型の、荒っぽい強盗犯罪が増えている。

一般人でも容易に拳銃を手に入れられるようになってしまった。暴力団が弱体化した結果、密輸拳銃の相場が値下がりしたためだ。

セキュリティのしっかりした大手銀行が狙われることは少ない一方で、深夜のコンビニや、田舎の郵便局での被害が増えている。

そんな話を、待機中の特二の班長としていた、まさしく最中のことだった。

指令センターからのアナウンスが鳴り響く。同時に、事件の詳細を知らせるＦＡＸを受信した。

『出動要請！　人質籠城事件発生！　練馬区――』

指令センターが一一〇番通報を受け、その必要ありと事件概要の確認がとれたあとで、特殊班に出動要請がかかる。郊外の小さな郵便局で起きた強盗立てこもり事件だ。すでに機動隊と所轄署が周辺に規制線を張っている。

「装備Ｂで出ます！」

「よろしくお願いします」

特二の出動を受けて、訓練施設に散っていた特一のメンバーが、待機のために急ぎ戻ってくる。

「立てこもりですか？」

一番に駆けてきた大迫《おおさこ》が、寒河江《さがえ》が手にしたＦＡＸ用紙を覗き込んだ。

「強盗に入ったはいいが、逃げ損ねたようだな」

詳細を知らせる書類には、郵便局長とちょうど窓口を訪れていた老婆が人質になっていると書かれていた。

郊外や田舎の郵便局が狙われる、ひとつの理由でもある。高齢者などの力の弱い者しか現場にいない可能性が高い。そのぶん成功率は高くなる。

だが今回は、窓口の女性局員か局長か、いずれかの判断が早かったのだろう。早々に警報を鳴らされ、入り口のシャッターが閉じられて、逃げ道を失い、籠城したと推察できる。

現場の状況によっては、寒河江も前線本部に出向かなければならない。

カレンダーを確認して、「一件で済めばいいが……」と言葉を継いだのは、寒河江の傍らに立った神蔵《かぐら》だった。

金融機関への返済日などの関係で、事件の起こりやすい日というのがある。満月の日には、凶悪事件が起きやすいとも言われる。

傍らにある存在感に、胸中で身震いを覚えながらも、寒河江は懸命に平静を取り繕った。

今は勤務中だ。

昨夜の熱など、思い起こしている場合ではない。

『特二、高須賀《たかすが》です。これより交渉に入ります』

無線に前線本部からの報告が入る。

マイクを手近に寄せて、寒河江は「現場の判断にお任せします。万が一の責任はすべて私に」と、いつもの言葉を返した。

よほどの事態でない限り、上は出しゃばらないに限る。だが、不測の事態が起きれば、全責任は指揮官である自分が負う。当然のことだ。でなければ、隊員たちは安心して動けない。

『了解』

落ちついた応え。

部下を信じていれば、なんら問題はない。

いくらも待たず、郵便局長も老婆も、無事に救出されるだろう。陽が落ちる前に、高須賀は決着をつけるはずだ。

そんなことを考えていた、まさに最中だった。

寒河江の胸ポケットで、プライベートの携帯端末が震えた。

任務中だ。よほどの緊急事態でもない限り、内容の確認だけして、メールのレスは後回しにする。電話なら基本的に出ない。いつもの対応をするつもりでディスプレイを確認した寒河江だったが、そこに表示された名が、彼の不安を一気に押し上げた。

「……もしもし」

周囲を憚《はばか》って、電話に応対する。

『寒河江さん！　大変です！』

保育士の青年の叫び声。それだけで、寒河江は腕から力が抜けるのを感じた。

「なにがあったんですか？」

『宙人くんと天人くんの姿が見えないんです！』

サーッと、全身の血が下がる。

『いま、手分けして保育所の敷地内とか近所とか、探してるんですけど、まだ見つからなくて！』

自分の責任です、申し訳ありません！　と、通話口の向こうで青年が頭を下げている様子が見えるようだった。

「管理官？」

どうしたのかと、大迫が恐る恐るといった様子で声をかけてくる。そのあとで、不安げに上司である神蔵を見た。

「いや……」

なんでもない…と、誤魔化そうとする寒河江の様子が普通でないことに、傍らの神蔵が気づかないわけがない。

「なにがあった？」

携帯端末をしまう前に、手首を掴まれた。

ロックされる前のディスプレイを操作して、着信相手を確認する。そこには、保育所と保育士の名前が表示されているはずだ。

問う視線に負けて、寒河江は「子どもたちが……」と、口を開いた。

「……え⁉」

まっさきに反応したのは大迫で、神蔵は眉間に深い皺を刻む。

「いなくなったのか？」

端的に訊かれて、黙って頷いた。

場の空気が、一気に緊張を帯びる。

電話が鳴る。受話器を取り上げた捜査員が「なんですって？」と声を荒らげた。そして報告を寄こす。

「班長！　容疑者として浮かび上がっていた男が、姿を消したそうです」

寒河江の件の捜査にあたっていた、強行班か公安からの連絡だろう。

「なんだって⁉　なんでうちに情報が来てないんだ！」

いまさら知らせたって遅い！　と、ひとりが通話口の向こうに聞こえるように怒鳴る。

「情報を集めろ」

神蔵の指示で、班員たちが機敏な動きを見せはじめる。

「まさか、管理官のお子さんを……」

大迫が、青い顔で呟いた。

「迂闊《うかつ》なことを口にするな」

低く制したのは、神蔵ではなく、交渉人の羽住《はずみ》。

脅迫状が寒河江宛に送られてきていることを考えれば、子どもが事件に巻き込まれる可能性は決して低くない。だが、なんの情報もない現状では、可能性としては半々だ。

「す、すみません！」

大迫が、失言だったと頭を下げる。

寒河江は、首を横に振った。

「大丈夫です。祖父母との生活が窮屈で、逃げ出したのかもしれません。家に戻ってるかも……」

自分が甘やかしているから、お祖父ちゃんの躾が厳しかったのかもしれないと明るく言う。

だが、場の空気は和まなかった。

確率的には五〇パーセントでも、状況的に見て、寒河江の息子たちが巻き込まれた可能性が高いと、班員たちは見ているのだ。

ホワイトボードに集積されていく、容疑者と思しき男の情報。公安が目をつけていたのだとしたら、ほぼ間違いはないだろう。次に動いたら、現行犯で逮捕できると踏んでいたところ、逃げられたのは現場の失態か、はたまた指揮命令系統の不備か。

ホワイトボードにザッと目をとおして、神蔵がマイクに呼びかける。

「高須賀！　聞こえるか！」

『神蔵か？　どうした？』

応えを寄こしたのは、特二の班長だった。

寒河江が状況報告を求めてくるのならわかるが、なぜ待機中の特一の班長が呼びかけてくるのか、訝っている様子だった。それにかまわず、神蔵が問う。

「立てこもり犯の様子は？」

その口調から何を感じ取ったのか、高須賀は神蔵の問いに応じた。

『交渉にまったく応じる様子がない。――いや、ちょっと待て』

近くの誰かに話しかけている様子。それから、『なんだと？　回線を繋げ！』の声。

『立てこもり犯が、電話に出た』

特二の交渉人が呼びかけるより早く、回線越しに淀《よど》んだ声が届いた。

『寒河江ってやつを出せ！』

全身が硬直した。

班員たちが懸念する五〇パーセントの確率が、一気に引き上げられた瞬間だった。

この状況で、なぜ立てこもり犯が寒河江の名を知っているのかなどと、考えているようではＳＩＴ隊員は務まらない。脅迫状事件と結びつけて考えるのが、一番自然だ。

――この男が子どもたちを……？

寒河江の脳裏を過る恐怖。

まさか……と思いたい気持ちと、最悪の状況を想定してシミュレーションをはじめる無駄に回転のいい頭脳とがせめぎ合っている。ようは、静かにパニックに陥っていた。

『あんたらの、お偉いさんだろ！　ここに連れてこい！』

スピーカー越しに、がなり声が追い打ちをかける。

「公安が目をつけていた男の資料です。お心当たりは？」

前科者リストから抽出した資料を手にホワイトボードの前へと寒河江を促して、羽住が問う。寒河江は深呼吸をひとつして、書き綴られた情報に素早く目をとおした。

「……あの事件……けど、どうして……」

記憶にあるものだった。

保険金目当ての妻殺し。犯人である夫は完璧なアリバイを用意して、妻の死を自殺に見せかける偽装をした。

だが、その偽装を、寒河江が見破った。

渓流にかかったつり橋からの投身自殺だというのに、死斑《しはん》があったのだ。水死体に、死斑は出ない。なおかつ、渓流を流されたわりに、遺体の損傷が少なかった。

所轄署に設置されていた別の捜査本部の指揮をとっていた寒河江が、自殺で片付けようとしていた所轄署の刑事課の捜査に、批判覚悟で首を突っ込んだ。結果、寒河江の主張が正しかった。

余計な御世話だと言わんばかりだった所轄署の刑事課長は口をつぐみ、すぐに大規模な捜査本部が設置された。その指揮を寒河江がとった。管理官が二つ三つの捜査本部を掛け持ちするのは、珍しいことではない。

殺された妻は、近所でも悪妻と評判で、夫に対しての暴力や借金など、評判のいい女性ではなかった。だから、殺人を犯した夫に対しての、情状酌量の声も強かった。おおっぴらに罪の軽減を依頼することはできないが、寒河江は取り調べにあたった刑事に、供述調書に一筆添えておくようにと耳打ちした。

情状酌量を検事に訴えたい場合などに、刑事が一筆書き添えられる欄があるのだ。担当刑事も、言われずともそうするつもりだったと、寒河江の意見に同意してくれた。

だが、とうの犯人が、そんな裏事情を知るはずもない。だから、犯人に恨まれることはいくらでも考えられる。

だが、逮捕された犯人は、すでに獄中死している。

その知らせは、寒河江のもとにも届いていた。今回、容疑者として名が上がっているのは、その犯人の実兄だ。どうして？　と、問いたくもなる。

「弟の事件以降の足取りを、強行班と公安が洗っています」

実弟の獄中死が脅迫事件の発端と考えているのだ。

脅迫犯と立てこもり犯が別人であったとしても、つながっている可能性がないとは言い切れない。とにかく今は犯人の情報を集めることが重要だ。郵便局内部の様子を探らなければ……。

「これ、どう読んでも、完全な逆恨みですよ！」

大迫が地団駄を踏む。

「人間心理は、そんな簡単なものじゃない」

羽住が、若手の苛立ちをぴしゃりと諫めた。そこには、予断をはさむなという戒めも込められている。

「所轄の地域課に、近隣の捜索を依頼しろ」

保育所周辺を捜索すると同時に、目撃情報をあたれと、神蔵が部下に指示を出す。

『管理官、こちらにおいでになられますか？』

高須賀の、落ちついた声。

「行きます」

それまで時間を稼いでほしいとマイクに返して、寒河江は庁舎を飛び出す。

「装備A！　行くぞ！」

寒河江の背を追いながら、神蔵が出動の指示を出す。

「強行班、公安と、密に連絡を取り合え！　所轄ともだ！」

「了解！」

捜査車両の後部シートに寒河江、助手席には羽住、ステアリングは神蔵が握った。

いくらも走らないうちに、携帯端末が着信を知らせはじめる。表示された名を見て、通話ボタンを押した。

『絢人《あやと》さん！　なぜ来てくださらないの！』

あいさつの言葉もなく、鼓膜に届いたのは、義母の責める声だった。

子どもたちがいなくなったのに、なぜ一緒に探さないのかと、責めている。だが、周辺の捜索に加わるよりも、寒河江にしかできないことがある。

「ふたりは、私がかならず見つけ出します」

それだけ言って、通話を切った。


各駅停車しか止まらないＪＲ線の駅から住宅街に通じる道の途中、ビルの一階の角に、オレンジ色の看板を掲げる郵便局があった。

民営化に合わせてリフォームされたのだろう、入り口前のバリアフリーのスロープはまだ新しさを保っている。

入ってすぐにATMコーナーがあり、その奥の自動ドアには、今はシャッターが下ろされていた。夜間や土日祝日など、ATMコーナーだけが稼働している時間帯は、この状態なのだろう。

ATMコーナーも閉まる時間になると、スロープを上がってすぐの自動ドアにも、格子状のシャッターが下ろされる仕組みだ。

郊外の住宅地によくある、規模の小さな郵便局。建物のつくりもシンプルで、それゆえ内部構造の把握は容易いが、突入経路を確保しにくいデメリットもある。もちろん、突入ではなく交渉で事件が解決するなら、それにこしたことはない。

通りを挟んで反対側のコインパーキングに、前線本部ができていた。特殊班の装備を積んだ車両を中心に、捜査車両が停められている。

通りは封鎖され、迂回路《うかいろ》の前で交通課の警察官が通行車両に協力を仰いでいる。

危険だからと案内がされているはずなのに、周辺のマンションのベランダからは、現場を覗き込む人の姿がちらほら。流れ弾に当たりでもしたらどうするつもりだ。

気の早いメディアも駆けつけている。

犯人を刺激しないようにとの配慮からヘリコプターの飛行は制限されているし、当然カメラやレポーターの現場付近への立ち入りも許可されていないはずだが、近隣住民に協力を仰いだのだろう、ビルの屋上や個人宅のベランダ等に、カメラの存在が確認できた。

現場に到着するまでの間に、双子発見の報は入っていない。

寒河江に脅迫状を送りつけてきた犯人と、今郵便局に立てこもっている男、それから姿を消した双子の所在。この三つが果たしてつながるのか否か、早急に判断する必要がある。

特殊機材を詰め込んだ捜査車両内は、現場指揮に必要最低限のスペースしかない。

寒河江が到着すると、特二の交渉人がサッと立って場所を空けた。それを片手を上げて制して、「状況は?」と尋ねる。

「あれっきり、応じません」

モニターを眺めながら返してきたのは、特二を率いる高須賀だった。元SAT隊員で、その腕も班長としての判断力も折り紙つきだ。神蔵率いる特一と合わせて、今現在の特殊班が最強だと言われる所以だ。

「ご子息のほうは?」

寒河江が首を横に振ると、それに頷いて、高須賀は「集音マイクに反応は?」と郵便局の建物に張りついている部下に確認した。

『物音はいくつか拾っていますが、子どもの声らしきものは聞こえません』

事件発生直後の聞き込みで、人質の人数も名前も判明しているが、見落としがないとは言い切れない。念には念を入れて確認する必要がある。

「熱感知センサーは?」

神蔵が尋ねると、「野郎、カウンターの奥に身を潜めてやがる」と、高須賀が応じた。

「現状の精度じゃ、精いっぱいだろうな」

神蔵も、モニターを見て唸る。建物内の人間の体温を感知するセンサーだが、映画等フィクションで描かれるほどの正確さは期待できない。医療現場で使われるエコーのようなもので、映し出される画像から状況を正しく読み解くには、熟練が必要だ。

「ヤツの素性はわかったのか？」

「まだ容疑者候補だ。――が、確率的には高いと思っていい。こいつだとすると、綿密な計画を練っている可能性が高い」

言いながら、特一でまとめた資料をデータで渡す。特二の隊員が、それをパソコンに読み込んだ。正確に言えば、今のところはまだ、寒河江を脅迫した犯人のデータであって、立てこもり犯のデータではない。

「犯罪被害者、ってやつか……」

被害者の家族のみならず、被疑者の家族も、ある意味では犯罪被害者といえる。家族に犯罪者を持ったがために、人生を狂わされる人は多い。

「内部の様子は撮れたか？　顔写真と照合しろ」

高須賀が指示を出す。

通風口などから差し込んだ小型のカメラで、内部の様子を撮影している。その画像と前科者リストの写真とを照合しろと言うのだ。

さらには、郵便局の入り口の監視カメラと、前線本部となっているコインパーキングに設置されている監視カメラの映像からも、立てこもり犯と思われる男の画像を拾い上げていた。

顔がはっきりと映っている必要はない。

顔で確認できないときは、耳を見る。耳紋《じもん》といって、指紋と同じように、耳の形にも個人差があるのだ。そしてそれは、怪我でもしない限りは、一生涯変わらない。

同席していた科捜研の主任研究員が、ささっとパソコンを操作して、提出された画像データを照合する。指紋と同じように何カ所かの一致点が表示されて、マッチング結果が数値で表示された。

「耳紋、一致しました！」

パソコンのディスプレイには、「一致」「98％」と表示されている。

「アタリ、だな」

高須賀の呟きに、神蔵が頷く。

脅迫犯と立てこもり犯が同一人物であることが判明したのだ。

これで残る問題は、双子が事件に巻き込まれているか否かに絞られた。

あとは、どう交渉するか、だ。それによって、子どもたちの件もはっきりするはず。

「犯人の狙いは私です。要求には応じてください」

「管理官！」

軽々しく言わないでくださいと、諫めたのは特二の交渉人だった。同じ交渉担当の羽住も深く頷いている。

「交渉を引き延ばせるか？　子どもがいるか否かの確認はこちらでとる」

神蔵の提案に、高須賀が「やってみよう」と応じる。

「突入の指揮は任せる、うちの連中も好きに使ってくれ」

最前線の指揮権を神蔵に渡し、高須賀は交渉に徹する構えを見せた。

高須賀の言葉に頷いて、神蔵が装備を手に捜査車両を出ていこうとする。その背を、反射的に呼びとめていた。

「神蔵警部！」

何を言いたかったのか、わからぬままに唇を震わせる。

「あの……」

「万が一、ご子息が囚われていたとしても、自分がかならず救い出します」

ご安心くださいと、力強い声。

「捜索状況を、逐一上げてください」

子どもたち発見の報が、いつ入るやもしれない。それによって、立てこもり犯への対応が変わってくる。

単に家出をしただけかもしれない可能性はまだ残っている。その場合は、捜索にあたっている所轄署から、連絡があるはずだ。

寒河江は頷いて、それから「お願いします」と頭を下げた。

「呼び出せ」

高須賀の指示で、特二の交渉人が局内に電話をかける。

無視されても、何度でもかける。そうして、交渉の機会をつくる。

何度目か、電話の呼び出し音が止んだ。

『寒河江は？』

ぞんざいに、来たのか？　と尋ねてくる。

すぐに電話に応じようと手を伸ばす寒河江を、交渉のサポートを務める羽住が制した。

「寒河江に、何のお話があるのですか？」

『あんたには関係ない！』

犯人と交渉人のやりとりを聞きながら、捜査車両内に残った特一と特二の捜査員たちが、「薬物か？」「いや、違うな」などと、ひそひそとやりあっている。

「そちらに、お婆さんがいらっしゃるだろう？　心臓のご病気を持ってらっしゃる。お婆さんだけでも、解放してもらえないだろうか？」

人質のうちのひとりは、高齢の女性だ。

『ババァなんざ、死のうが生きようが、どうでもいいだろ！』

「じゃあ、お子さんは？　小さいお子さんは、いないかな？　いたら、一番に解放してほしい」

人質を全員把握できていないふりを装って、探りを入れる。犯人の反応は顕著だった。

『は？　ガキ？　知るかよ！』

ブツッ！　と派手な騒音がスピーカーから響いた。寒河江が来ていないのなら用はない！　とばかりに通話が切られたのだ。

『野郎、声の調子が変わったな』

今のやりとりを聞いていた神蔵が、無線越しに高須賀に呼びかける。

「ああ。……どうだ？」

神蔵の言葉に頷きながら、高須賀が内部の様子を尋ねる。

訊き込みによって判明している人質は、郵便局長の中年男性と、客の老婆のふたりだ。逃げ出してきた局員の証言だから、まず間違いはないはずだが、三人目の人質の存在がないとも言い切れない。そして、寒河江の子どもたちも……。

『聞こえるのは、犯人の足音くらいか……そうとう苛ついているな。人質は口を塞がれているんだろう』

それ以外は何も聞こえないと返される。

「熱感知モニターは？」

『……俺は、大人三人だと判断する』

場数を踏んだ神蔵の目には、センサーのモニターに表示される人影は大人三人に見えると言う。寒河江はマイクに飛びついた。

「それは……、それは、子どもたちは局内にいない、ということですか⁉」

『そういうことになるな』

「じゃあ、あの子たちは……」

いったいどこへ？　と寒河江が呟く。

所轄からの報告はいまだない。

『ヤツの鑑《かん》は？』

神蔵が訊いた。

鑑というのは、敷鑑捜査の略で、犯人の人間関係を洗うことをいう。つまり神蔵は、共犯者の存在がありそうかと訊いているのだ。

それには、特一の羽住が応えた。

「報告します。両親を早くに亡くしていて、獄中死した実弟以外に家族はありません。親戚との付き合いもないようです。仕事は弟の件でクビになっていますし、事件が原因で妻子も家を出てその後音信不通、面会に来てくれる友人もいないと、収監された刑務所で話していたそうです」

『前科一犯だったな』

「はい。金欲しさにコンビニ強盗を働いて、その場で店員に取り押さえられました。初犯でしたが、客に怪我をさせたために刑が重くなったようです」

生きる気力を失くした男の人生の転落劇。弟の罪によって人生を狂わされ、自分自身も犯罪者となってしまった。

『つまり、共犯者になりそうな人脈もなければ、雇う金もない、ってことだな』

「そう考えるのが妥当でしょう」

単独犯。

特殊班一同の頭に、ハッキリと浮かんだ結論。

そうなると、寒河江の子どもたちの一件とは、別口の可能性が高くなる。略取誘拐犯が別に存在するのだとしたら、そちらの判断も誤れない。今時点で身代金などの要求はないが、対処を急がなければならなくなる。

『管理官、やつの交渉に応じてください』

次に電話がつながったら、犯人の話を聞けと神蔵が言う。

『その隙に、突入します』

許可が欲しいと言う。この事件を早急に解決して、誘拐犯が別に存在するのなら、そちらの捜査を急がなければならない。神蔵の考えは明確だった。

「神蔵警部……」

だが、果たして本当に、子どもたちは、あそこにいないのか？

口を塞がれているから、集音マイクが声を拾わないだけではないのか。小さいから、大人の影に隠れて、熱感知センサーに引っかからないだけではないのか？

懸念を巡らせる寒河江の耳に、言い含めるように、低い声が届いた。

『宙人も天人も、あそこにはいない。大丈夫だ』

寒河江ひとりに、話しかけているかのような声だった。

事実寒河江は、特殊班の捜査員たちに無線を聞かれていることを、気にかけていなかった。そんな余裕はなかったし、いま頼れるのは神蔵ひとりだったから。神蔵の声だけが、大丈夫だと寒河江を落ちつかせてくれる。

「きみを、信じる」

判断は任せると、搾り出すように返した。

高須賀が、小さく頷く。羽住も、納得の表情だった。

『了解。――任せておけ』

普段なら絶対に言わない、安請け合いともとれるセリフ。それを今、寒河江のために神蔵は口にしている。

神蔵の指示で、突入態勢が整えられる。

『大迫、俺につづけ。B班、先頭は誰だ？』

『特二の晳川《せきかわ》です』

高須賀の秘蔵っ子だ。若いが、腕はたしかだ。

『タイミングはこちらに。突入後の判断は任せる』

神蔵の指示に『了解』と落ちついた声が返される。傍らで高須賀が、ニンマリと口角を上げたのが気配でわかった。

『熱感知センサー、カメラ、マイク、指示通りにいいか？』

『いけます！』

現場で事前に打ち合わせ済みのようだ。それも、神蔵に任せておいて間違いはない。

『突入準備ＯＫだ』

神蔵の報告を受けて、高須賀が交渉人に頷きかける。

「呼び出せ」

郵便局内の犯人を電話口まで呼び出す。

熱感知モニターには、人質からいくらか離れる犯人の姿が映し出されているのだろうか。

集音マイクは、床を踏みしめる靴音をたしかに拾っている。カメラは、死角になっている

れない。

ようだ。

『やっときたか！』

電話に出るなり、どなり声が響いた。やはり、なにかしらの薬物を使っているのかもし
「警視庁特殊班の寒河江です。私をお呼びだとおうかがいしました」

どういった御用でしょう？　と、極力落ちついた声で返す。

『てめぇを待ってたんだ！　ちくしょう！　みんな巻き添えに、ぶっ飛ばしてやる！』

人質もろとも郵便局を爆破すると言う。

羽住が無言でメモを差し出してきた。「収監中、爆破犯と接触あり」と書かれている。

立てこもり犯の鑑捜査にあたっている捜査員からの情報だろう。塀の中で、爆弾のつくり
方を学んできたらしい。

「私に恨みがおありなら、私が人質になります。そのかわり、人質のおふたりを解放して
いただけませんか？」

『てめぇを吹っ飛ばすのは最後だ！　でなけりゃ、復讐《ふくしゅう》にならねぇ！』

どくり……と、心臓が鳴った。

寒河江を殺すのは最後、その前に復讐する……復讐になるような事態を引き起こそうと
している？

――やっぱり、子どもたちが……？

いや、神蔵はそれを否定した。局内に子どもたちはいないと言った。自分は神蔵を信じる。

「弟さんの事件は――」

『てめぇのせいだ！』

獄中死した弟の事件に言及しようとすると、鋭い声で遮られた。

『あんな鬼嫁、殺されて当然だったんだ！　弟はやっと解放されたのに、無能な警察が自殺で処理しようとしてたってのに、てめぇが余計なことを言ったんだってな！』

いったん喋りはじめたら止まらない様子で、立てこもり犯は恨みつらみをぶちまけはじめる。

「どちらでそのような話を？」

『バカやって警察をクビになったってぇ、おっさんと飲み屋で知り合ったんだ！　寒河江って、クソ生意気な青二才が、余計なことして仕事を増やしてくれた、ってな！』

なるほど、元身内から漏れた情報か。

身内が攻撃されたと、寒河江のために必死になってくれるのも警察なら、平然と裏切る人間が存在するのも組織の一面だ。

「そうでしたか。ですが、他殺を自殺で処理するわけにはいきません。私は――」

『黙れ！　爆破されたいか！』

果たして本当に爆発物はあるのだろうか。狂言である可能性は高い。またニセモノかもしれない。一方で、今度こそ本物である可能性も捨てきれない。

『カウント』

神蔵の落ちついた声が聞こえた。別の隊員が、『10、9、8……』と、カウントをはじめる。

『熱感知センサー、ホシが人質の傍を離れます』

『カメラ、犯人の姿を捕らえました。見える場所に爆発物らしきものは見当たりません』

モニターの担当者が、急ぎの報告を早口に上げた。

『3、2、1……』

『突入！』

騒音が鳴り響いた。

寒河江も高須賀も、その他の捜査員たちも、現場を映し出すモニターに見入る。

煙幕と、ガラスの割れる音。銃声。

爆発音はない。ものの数秒が、何倍にも感じられる。

騒音が止む。その向こうから、待ちかねた声。

『マル被確保！』

神蔵の声だった。

『負傷者なし。人質はふたりとも無事です』

念のため救急車の手配を！　と報告をつづけたのは、特二の皙川だった。その報告をイヤホン越しに聞きながら、寒河江は捜査車両を飛び出した。

「管理官⁉　危険です！　まだ——」

まだ安全は確保されていないと羽住が呼びとめても、足を止めなかった。

ブラインドの下げられていた一枚ガラスが割れて、破片は飛び散っていた。それをものともせず現場に飛び込む。

「神蔵……！」

目くらましの白煙がようやくおさまったばかりの局内には、硝煙の匂いが満ちていた。立てこもり犯は、肩を撃ち抜かれて失神していた。神蔵の手には拳銃。ライフルを構えた大迫と皙川が、神蔵の両脇で立てこもり犯に銃口を定めている。

「なにをしている！」

危険だ！　と寒河江を一喝して、ホルスターに拳銃をしまいながら、神蔵が駆け寄ってくる。

「子どもたちは⁉」

どなり声にも臆さず縋りつくようにして尋ねると、神蔵は寒河江の目を見て、ゆっくりと首を横に振った。

「ここにはいない。捜索のほうは？」

所轄署から連絡はないのかと訊かれて、寒河江も首を横に振った。もし別口の誘拐なのだとしたら、犯人から身代金などの要求がないのはおかしい。

「まだなにも……」

子どもたちはキッズケータイをもっている。GPSに反応がないから壊されてしまったのかもしれないが、寒河江の連絡先を知ることはできる。誘拐なら、犯人が連絡してこないなんてありえない。

では、誘拐ではないとしたら……？

もっと最悪の事態が――。

「……っ⁉」

寒河江の青い顔を見下ろして、神蔵が「大丈夫だ」と肩をさすする。

そこへ、呻き声。救急隊員の応急処置で意識を取り戻した立てこもり犯が、首を巡らせる。

「子どもは⁉」

この男は無関係だと半ば確信しつつも、たしかめずにはいられなかった。

「子ど…も？」

なんのことだ？　と掠れた声が返る。

「俺は、しらねぇ……あんたのガキがどこで野たれ死のうが、知ったこっちゃねぇ！」

がなって、痛みに呻く。

「だったら、なぜ子どもに手を出さなかったのですか？」

寒河江は、冷静に言葉を向けた。

「なんだ…って？」

男の目線が泳ぐ。ありえない事実を指摘されたと、その顔に動揺が浮かぶ。

「あなたは、私に息子がいることを知っていたはずです。なのに、子どもを巻き込むことはしなかった。なぜです？」

そのほうが、復讐の手段としては有効だったはずだと、意図的に平坦な声音で訊いた。

「……っ、なぜ…って……」

男の身体から、力が抜けた。担架にぐったりと身体を投げ出す。

寒河江への恨みを募らせながらも、子どもを巻き込むことを考えなかった。負の感情に支配されなければ……実弟の事件が起きるまでは、きっといい夫であり父親だったに違いない。

「罪を償って、更生してください」

でなければ、亡弟の墓に花を供える人間がいなくなってしまうと寒河江が言葉を足すと、男の目が見開かれ、一筋の涙が零れた。

「ちくしょう」と、掠れた呟き。男の口が、それ以上の悪態を紡ぐことはなかった。

救急車のサイレンが遠のく。機動鑑識が、現状保存をはじめる。

「宙人、天人、いったいどこに……」

白い手で額を抱えた。

神蔵の腕が、いまにも倒れ込みそうな寒河江を支える。

「車をまわせ」

ひとまず家に帰ろうと、神蔵が寒河江を気遣う。

「いや、今日の報告を……」

「そんなものは、明日でいい」

そもそも、今の寒河江に事件処理など無理だろうと、二の腕を引かれる。

「神蔵?　あの……」

部下たちの目が、いまさら気になりはじめた。

そういえば、突入前からずっと、神蔵は寒河江をおまえ呼ばわりだし、口調もいつもの部下としてのものではない。

けれど今は、それが頼もしかった。

子どもたちの安否を、どこをどう探していいかもわからないでいる今はとくに、神蔵以

外に頼れる存在がない。

「なんだと⁉　どういうことだ⁉」

　突然どなり声が響いて、寒河江と神蔵はもちろん、大迫と晳川も、驚いた顔で声のしたほうに顔を向けた。

　高須賀が、厳しい顔でプライベートの携帯端末に応じている。その眉間には、くっきりと縦皺が……。

「わかるように説明しろ！　こっちは……、ああ、……すぐにやれ！」

　あまりの剣幕に一同が唖然としていると、大股に歩み寄ってきた高須賀が、神蔵に携帯端末を振ってみせた。

「弟からだ」

　見つけたらしい、と高須賀が言葉を足す。

　それだけで意思の疎通がかなったらしい。「ケータイを確認しろ」と、神蔵が寒河江の耳元に言葉を落とす。

「……え？」

「官給品のほうじゃない」

　仕事用の携帯電話を取り出そうとしたら、プライベートのほうだと制された。ポケットから取り出したタイミングで、メールを受信する。

ディスプレイに表示された名を見て、寒河江は目を瞠った。慌てて受信メールを確認する。

メールには、画像が添付されていた。

それを目にした途端、ヘナヘナと下半身から力が抜けた。

その場にへたり込みそうになった寒河江を、神蔵の腕が支えてくれる。

「宙人……天人……」

落としそうになった携帯端末を神蔵の手が拾い上げた。ディスプレイいっぱいに、お友だちの奏《かなで》くんを真ん中に挟んで、無邪気に微笑むふたりが映されている。

「無事のようだな」

神蔵が低く呻いた。

「藤森《ふじもり》医院の屋根裏に隠れていたらしい」

送信アドレスは子どもに持たせているキッズケータイのものだが、写真を撮ったのも、添えられている文章を打ったのも藤森医院の若先生だと、説明したのは高須賀だった。

たしかに、双子が打つひらがなばかりのメールと違い、しっかりとした文章で、キッズケータイがアルミホイルに包まれていた旨の説明がそえられている。電波を遮断することで、キッズケータイは、その役目を果たさなくなるのだ。そんなシーンを、双子と一緒にテレビの実験番組で見た記憶がある。

「考えたな」と神蔵は納得顔だが、寒河江にはまったく状況が掴めない。

「藤森医院とは、ちょっとしたご縁がありまして」

そう言って、高須賀が肩を竦める。

保育所の近くにある藤森医院はご存じでしょう？　と訊かれて、「縁……？」と首を傾げながらも頷いた。

「藤森医院のお孫さんが、うちの子たちと同じ保育所に……」

その町医者を、高須賀は個人的に知っていると言う。高須賀がケータイに向かって怒鳴っていた相手は弟だという話だが、ではなぜ高須賀の弟が藤森医院に？

「たしか以前、バスジャックに……」

まさかあれがきっかけで？　と目を瞠る。

「覚えておいででしたか」

高須賀が肩を竦めて苦笑する。

寒河江は「もちろん」と頷いた。ＳＩＴとＳＡＴが共に出動して対処にあたった事件があったのだ。

高須賀の実弟は、ＳＡＴの隊員だ。隊員の安全確保のために、ＳＡＴ隊員を拝命した段階で、隊員の名前は警察の組織表から消える。それでも、ある程度の立場になれば、隊員の情報を知ることは可能だ。

「細かいことはおいおいご説明します。ひとまず病院へ向かってください」

絶対に帰らないと言い張っているそうですから、と笑われて、寒河江はゆるり…と目を見開いた。

特殊班の面々にも、安堵が広がる。「ご無事だったんですね」「よかったー」と、皆自分のことのように喜んでくれた。

「あ…りが、とう……」

ただ呆然と、かろうじて礼を言うことくらいしかできなかった。そして、寒河江は理解した。

子どもたちが、忽然と姿を消した理由が見えたのだ。

これは、誘拐でもなんでもない。

双子は、自らの意思で、保育所を抜け出したのだ。お友だちに協力を仰いで、GPSで探されないようにキッズケータイの機能を遮断して、安全な場所に身を潜めた。

そして、祖父母のもとに帰らないと主張している。

自分たちを祖父母にあずけた父に、抗議している。

「行こう」

装備を解いて大迫に投げ渡し、かわりに羽住から覆面パトカーのキーを受け取る。ワークパンツとぴったりとしたTシャツ一枚の姿で、神蔵は寒河江の手を引いた。

「でも……っ」

「あとの処理は、高須賀がやってくれる」

背後にわざと聞こえるように言って、軽く片手を上げる。「この貸しは高くつくぞ」と、高須賀の声が返った。

7

パン！　パン！　と、高い音が院内に響いた。

町の診療所といった雰囲気の藤森《ふじもり》医院では、院長を務める女医と、その息子の若先生と、双子の同級生である孫の奏《かなで》くんと、それからどういうわけか高須賀《たかすが》の実弟とが、寒河江《さがえ》と神蔵《かぐら》を出迎えた。先に駆けつけた義父母の姿もある。

診察時間終了の札の下がった待合室のソファで、双子はお友だちの奏くんと並んで座って、寒河江の迎えを待っていた。

双子は真っ赤に腫れた頬に手を添えて、大きな目に見る見る涙を滲ませる。

「勝手にいなくなって！　みんながどれだけ心配したと思ってるんだ！」

双子はきゅっと唇を噛んで、抗議の反応を見せる。

理不尽だと、その大きな目が訴えている。寒河江は、腕を伸ばしてふたりをぎゅっと抱きしめた。そして、真摯に詫びる。

「ごめんね」

「ぱぱ……」

悪いのは子どもたちではない。悪いのは、子どもにこんな行動をとらせた自分だ。

「心配したよ、死ぬほど心配した」

二度と会えなかったら……と考えたら、足が竦んだ。気が狂いそうだった。

きつくきつく抱きしめて、頬ずりをして、「無事でよかった」と心底の安堵を零す。

「ぱぱ、ごめんなさい……」

「ごめんなさい……」

ぎゅうっとしがみついて、「しんぱいかけてごめんなさい」と詫びる。寒河江は「パパこそごめんね」と、今一度詫びた。

一同がホッと安堵したところで、しかし納得していない人間がいた。

先に駆けつけて、院長親子に頭を下げていた義父母が、「だから言ったんだ！」と声を荒らげたのだ。

男手ひとつで育てられるわけがない。警察組織に属する限り、似たような危険は今後もふりかかる。だから親権を渡せと言ったのに…と。

「この子たちは連れて帰る！　二度と会わさん！」

親権については弁護士を寄こすとまで言われて、子どもたちが怯えた様子を見せる。

「ぱぱ……」

不安な表情を見せる幼子の様子に、「怒鳴らないでください」と義父を諌めたのは、藤森医院の院長だった。

「口を出さんでもらいたい！」

他人が口を出すことではないと、義父ががなる。院長の眉がつり上がったが、口を開きかけた母親を止めたのは、院長の息子の若先生だった。

寒河江と同じ立場で、ここは他人が口を出すべき場面ではない、親である寒河江が自力で切り抜ける場面だと、言ってくれているように感じた。

また祖父のもとに戻されると思ったのだろう、双子が「いやだっ」と寒河江にしがみついてくる。

「いっしょにいたいよ……」

「ぱぱと、いっしょにいたい……」

離れ離れは嫌だと、あずけたときには聞かなかった駄々を捏ねて、そしてついにはぼろぼろと泣きはじめてしまった。

子どもらしい我が儘を言うことも、駄々を捏ねて困らせることも、したことのない子どもたちが、絶対に嫌だと泣いて縋る。

「ぱぱといっしょじゃなきゃいやだ」

「もっといい子になるから、おるすばんするから、だから……っ」

えぐえぐと泣きじゃくりながら訴える。

寒河江は、あふれそうになる涙をぐっと呑み込んで、今一度ふたりを抱きしめた。

「大丈夫。もうどこへもやらない。ずっとパパと一緒だ」

そうして、ふたりを神蔵に任せて、病院の待合室の床に膝をつく。義父母に向かって深々と頭を下げた。

「お願いです。この子たちを僕から奪わないでください。絶対にちゃんと育てます。この命に代えて守ります。ですから、一緒に暮らさせてください」

床に額を擦りつけるようにして、許しを請うた。さすがの義父母も言葉を失くした様子で、気まずげに顔を見合わせる。

義父は低く呻り、義母は眉間に皺を刻む。

孫に完全拒否された上、侮っていた娘婿にこうまでされたのだ。返す言葉がない様子でともに渋い顔。義父は、ひとつ長嘆をついて、「今度こそ本当に約束できるのか」と尋ねた。

自力で育てると言ったのは寒河江だ。その約束が守られないのなら、孫を実子として引き取る用意があるとまで言われる。

「お約束します。かならずちゃんと育てます」

言い切って、深々と顔を下げた。

義父は気に入らない様子だが、義母は「顔を上げてちょうだい。子どもたちにみっともないところを見せないの！」と、寒河江の手を引いて、顔を上げさせようとする。

「助けが必要なときは言いなさい」

それだけ言って、義父は病院を出て行ってしまった。そのあとを、孫たちに「またね」と手を振りながら、義母が追いかけて行く。双子は顔を見合わせ、それから祖父母に愛想よく手を振った。

義父母にも寂しい思いをさせていたのかもしれないと、寒河江は反省を深くした。自分の両親にも、もう一度頭を下げて、許してもらおうと考え直す。子どもたちにとっても、祖父母の存在は大きいはずだ。

祖父母を見送って、本当の意味で安堵したのだろうか、子どもたちが、「おうちにかえれる？」「ぱぱといっしょ？」と、大きな目をキラキラさせて飛びついてくる。ついさっきまで大泣きしていたのに、現金なものだ。

「一緒に、おうちに帰ろう」

ふたりを抱いて、腰を上げた。よろけかけた背を、神蔵が支えてくれる。

「肩車してやろうか？」と、神蔵がどちらかひとりを引きうけようとしてくれたけれど、子どもたちは断固拒否。まるで赤ちゃんコアラのように、寒河江から離れようとしなかった。

院長母子と、孫の奏くんと、どうやら先のバスジャック事件をきっかけに若先生親子と面識を持ったらしい高須賀弟にも頭を下げて、何度も何度も礼を言い、藤森医院に背を向ける。

覆面パトカーの後部シートに乗せられて、はじめは目を輝かせていた双子だったが、疲れていたのか、祖父母の家ではぐっすりと眠れなかったのか、車が走りはじめてすぐ、寒河江の膝を枕に、寝入ってしまった。

その様子をバックミラー越しに見て、神蔵が口許に笑みを刻む。

神蔵のステアリング捌きは、とても静かでスムーズだった。子どもを起こさないようにとの気遣いだと理解する。

「ありがとう」

ようやくちゃんと、礼が言えた。

「子どもたちが無事でよかった」

返される声はやさしくて、藤森医院ではかろうじて我慢した涙腺が、いまさら緩む。頬を伝う雫を、寒河江は懸命に拭った。

自宅に帰りついた途端、双子は「おなかすいた！」の合唱をはじめた。

子どもたちが義父母のもとにあずけられていた間、自分のぶんだけつくる気力が湧かなかった寒河江は、すっかり家事をさぼっていて、冷蔵庫内にはロクな食材が入っていなかった。

その様子を見た神蔵が、「飯さえあれば、なんとかなる」と、自らキッチンに立ち、親子のために腕をふるったのは、黄金色のチャーハンと具沢山のスープだった。

賞味期限ギリギリだったろう卵と、冷凍庫内に放置していた白飯、野菜室で枯れかかっていた葱が、艶々のチャーハンに化けたのだから、子どもたちもビックリだ。さらには、鬆《す》が入りはじめていた大根としなびたニンジン、芽が出ていたジャガイモに冷凍のコーンとホウレン草が、乾燥ワカメとともに目にも鮮やかな具沢山スープとなって、チャーハンに花を添えている。

寒河江がしたのは、子どもたちと神蔵のために、美味しい焙じ茶をいれることだけ。

「おじちゃん、すごーい！」

「おじちゃん、まほうつかいみたい！」

持ち上げているのか、つき落としているのか微妙なことを言って、双子は寒河江に確認したあと、「いただきます」と手を合わせ、あつあつのチャーハンをほおばりはじめた。

「やっぱりどうあってもおじちゃん呼びかよ」

などと、テーブルの向かいで神蔵が嘆いても、子どもの耳には届かない。

「おじちゃん、カイザーは？」

「おじちゃん、カイザーとまたあそべる？」

今日はカイザーを連れて来ていないのかと、子どもの好奇心は右へ左へ大騒ぎだ。

「ああ、また今度な」

「やったぁ！」

子どもたちは大喜びだが、神蔵はどうしてか微妙な顔で言葉を濁して、自らの手料理の味見をはじめた。寒河江は、子どもたちがある程度食べるのを見てから、ありがたく箸を取る。

「美味しい……！」

繊細さとは無縁の男の手料理に見えてその実、とても滋味深い。シンプルな材料しか使っていないからだと、寒河江は気づいた。

大人の好む味だが、子どもたちも満足げに食べている。本当に美味しいものなら、いわゆるお子さまメニューでなくても、子どもは食べるものなのだと、あたりまえのことに気づかされた。

食事を終えても、テンションが高いままの子どもたちは、まるで離れていた時間を取り戻そうとするかのように、寒河江にまとわりついて離れない。

キッチンの片付けを手伝おうとしたのを阻まれ、「おふろ！　おふろ！」と、ぐいぐいとバスルームに押されてしまう。

「あの……、神蔵……っ」

「久しぶりの親子のスキンシップだ、ゆっくり入ってこいよ」

「でも……」

寒河江が躊躇《ためら》うそぶりを見せると、神蔵はエスプレッソメーカーのスイッチを入れながら、「コーヒーをご馳走になってもいいか？」と、暗に風呂から上がるまで待っていてくれると言う。

それに頷いて、寒河江はふたりに左右の手を引かれる恰好でバスルームに向かった。

交互にシャンプーをしてやって、三人並んで背中を流し合って、そしてたっぷりの湯を張った湯船に浸かって、アヒルさんと遊びながら、数を数える。

数え終わるころになって、子どもたちがエネルギー切れを起こしはじめた。いや、大人と変わらない夕飯を食べたのだからエネルギーは充分なのだけれど、ヒートアップしすぎたのだろう、風呂から上がって湯を拭っている間に、こっくりこっくりしはじめた。

まずは天人が寝入ってしまい、ついで宙人も。

どうにかこうにかパジャマは着せたものの、子ども部屋のベッドまで運ばなければならない。

子どもたちが湯冷めしないうちにと、寒河江はガウン一枚の恰好で、まずは天人を抱き上げる。

子ども部屋のベッドは、いまはまだひとつだ。ふたりは手を握り合って眠るから、離すことができない。

定位置の右側に天人を寝かせていたら、「寝ちまったのか」と背後で声がした。振り返ると、宙人を抱いた神蔵の姿。

寒河江と入れ替わりに、宙人をベッドの左側に寝かせて、そっとブランケットをかけてくれる。

絵本を読んであげたかったのに、今日はその必要もなかった。明日こそ、好きな本を読み聞かせようと決める。

ふたりの寝顔を飽きずに眺める寒河江の姿を、神蔵は部屋のドアに背をあずける恰好で見つめていた。

ようやく腰を上げて、寒河江はそれに気づく。

ガウン一枚の恰好だったことに。

それを、神蔵に見られていたことに。

慌てて合わせを引き寄せて、「ごめんっ」と背を向ける。

「あの……よかったら、汗流して帰って――」

すぐ背後に立つ気配。はっとして振り返る。

――……っ!?

耳元で、甘さをたたえた声がした。

「それは男を誘うセリフだぞ」

「……え？」

目を瞠ると、すぐ間近で細められる眼差しとぶつかる。

「冗談だ」

ややして、微苦笑とともに、そんな応え。

「風呂、借りる」

離れた体温が廊下の奥に消えて、ホッと深い息をつく。

神蔵の着替えはないから、脱いだものを洗濯乾燥機を放り込んでおかないと……その前に自分も着替えて……パジャマじゃダメだ、何か部屋着に……。

慌てて自室に駆け込んで、ウォークインクローゼットを漁る。

ようやく研修のときに使ったスウェットの上下を見つけて収納の奥底から引き出してきて、そういえばこれはサイズを間違えて買ったから大きすぎたはず、上はダメでも下だけなら神蔵でもはけるかも……などとあれこれ考えつつ、ガウン姿のまま風呂場へ戻ろうと振り返ったところで、寒河江は動きを止めた。

「……っ⁉　神蔵⁉」

もう？　と、思わず口をついていた。手にしていたスウェットの上下が落ちる。

腰にバスタオルを巻いただけの恰好で、神蔵が湯の滴る髪を掻き上げている。

逞しい肉体を曝して、素のままの表情を自分に向けている。

「あ……」

立ち竦んだまま、間近に神蔵の長身を見上げた。

圧倒的な牡の力強さが、寒河江を取り込もうとする。

頭の芯が痺れたようにクラクラした。

「きみがいてくれて、よかった」

神蔵を見上げて、寒河江はようやくそれだけ口にした。

「ひとりじゃ、きっと耐えられなかった」

そう言って、視線を落とす。

見つめ合うのは怖い。この前はかろうじて拒絶がかなったが、二度までもそれができるとは思えなかった。己の弱さを噛みしめる。

すると神蔵は、ひとつ長嘆を落として、それから唐突な話をはじめた。

「カイザーは、あずかってたんじゃない。借りてきたんだ」

「……は？」

休日に、大きなシェパードを連れた神蔵に出会ったとき、たまたま友人からあずかった犬で、たまたまあの施設に来ていたのだと聞かされた。だが本当は、どれもこれも〝たまたま〟ではなかったのだと吐露される。

「おまえらがあそこに出かけることを知って、知り合いの犬を拝借したんだ」

「……それって……」

つまりは、寒河江たちに合流する口実にするために、カイザーを連れ出した、ということか？　あの日の出会いは、偶然ではなく、神蔵が演出したものだった？　寒河江の……いや、寒河江と子どもたちの身を案じて？

「宙人と天人、藤森医院の坊主には、なんでもかんでも話すようだな」

奏くんのことか？　と視線で訊くと、神蔵は「ああ」と頷いた。

「あの坊やもパパが大好きで、パパにはなんでも話すらしい」

「……？」

そんな話を、子どもたちから聞きかじった記憶がある。可愛い可愛い奏ちゃんも、パパが大好きなのだ、と……。

「若先生から高須賀んとこの弟にも話がほぼ伝わる。なんだかんだいって高須賀は弟を可愛がってるから、やつのところまでは情報の伝達スピードがかなり早いんだ」

それを知っていて、情報をもらったのだと暴露される。寒河江に直接訊けない情報を得

るために、神蔵が考えた情報入手ルートだった。

だが、そもそも寒河江にはわからないことがあった。

「……どうして高須賀警部の弟さんがあそこに？」

事件を通じて若先生と奏くんと知り合ったのだとしても、友人というには歳がずいぶんと離れているし、そんな説明をされると、なんだか気になる。

するとと神蔵が、「気づかなかったのか？」と、苦笑した。

「……え？」

そう言われて、ふいに蘇る光景。

寒河江たちが帰るとき、安堵の空気が満ちた院内で、高須賀の弟の手が、若先生の肩に回されて……。

「あ……」

ゆるり…と目を瞠った。

まさか…と、口中で驚きを転がす。

思わず顔を上げていた。一度は視線を逃したはずだったのに。

「高須賀警部は知って……」

「若い部下に手ぇ出してるようなやつが、弟の恋路に何を言えるわけもない」

弟の件を知っているのかとつづけようとしたら、またも予想外の言葉が寄こされて、寒河江はますます大きく目を瞠った。

同じ穴の狢《むじな》では、危険な任務についているのだからと、弟を諌められるわけがないと返される。

勤務中は落ちつき払った様子で、部隊のすみずみにまで目を行き届かせているように見せてその実、寒河江はそちら方面には、決して敏くない。高須賀弟に次いで兄の事情にまで言及されて、目を丸めた。

「……え？　若い部下って……」

誰のこと⁉　と、思わず詰め寄ると、その肩を軽く制された。

「ひとのことはいいだろう？」

上司が部下に手を出していたところで、合意の上なら問題ないと返される。特二のメンバーの顔をひととおり思い浮かべて、ひとりに辿り着くものの、寒河江には確信が持てなかった。

「……っ⁉　それでも……」

距離をとろうとすると、素早く伸びてきた手に阻まれる。

「神蔵……っ」

抱き寄せられ、素肌の胸に頬を寄せる恰好になった。湯の温もりを残した高い体温が伝わる。膝からぐずぐずと崩れてしまいそうだった。

「あの朝のことは、ずっと後悔していた」

寒河江の濡れ髪を梳きながら、神蔵が過去に言及する。その意味を問うように、寒河江は男を見上げ、長い睫毛を瞬いた。

「おまえが青い顔をしてたから、官僚の道を歩むことが決まっているおまえの将来に、俺は邪魔だと思ったんだ」

だから、一夜の過ちとしてなかったことにしようと咄嗟に口にした。言った直後には後悔していたと吐露する。

「そんな……」

自分は、遊びだったのだと受け取った。神蔵には、そうした軽い付き合いのできる相手がきっと何人もいて、自分がそのルールを知らなかっただけなのだと……一夜の過ちではおさめられない衝動を覚えたのは、自分ひとりだったのだと……。

「あの夜、なんで俺に抱かれた？」

神蔵の問いに、寒河江は戸惑いを濃くした視線で返す。神蔵は小さく笑って、「この訊き方は卑怯だな」と改めた。

「あの夜、俺がなぜおまえを抱いたか、わかるか？」

先の質問を、自分自身に向けた恰好で言いかえる。寒河江は、ますます困惑を深くした。

「その答えを、俺たちは知っているはずだ」

寒河江が管理官として特殊班にきて、あの夜以来の再会を果たした瞬間に、自分たちは気づいてしまったはずだと、もはや逃げられない言葉を向けられる。寒河江は、ゆるく首を横に振った。拒絶の反応ではない。戸惑いだ。

「おまえの将来をめちゃくちゃにしても、手放すんじゃなかったと、何度後悔したかしれない」

あの朝「なかったこと」にした自分を悔い、あの言葉を撤回したいとずっと思っていたと神蔵が告げる。

「嘘……」

あの夜の衝動は、自分にとってはたしかに恋と呼べるものだった。けれど神蔵にとっては違ったのだとずっと思っていた。

そうでなければ、「なかったこと」になどできなかったから。

再会の日、交わした視線から瞬間的に通じ合った感情は、過去を引きずった自分の起こした錯覚であって、そんなことはありえないと、ずっと言い聞かせてきた。

なのに、自分が踏み越えるのを恐れるハードルをとうに飛び越えた人たちが身近にいると教えられ、もう逃げなくていいと手を差しのべられて、ほかに選択肢などあろうはずがない。

「俺はもう、二度と後悔したくない」

「神蔵……」

腰を抱き寄せられ、薄い布一枚に包まれた、身体のラインをなぞられる。反射的に抗うそぶりを見せたら、耳朶に低い声が落とされた。

「どうしても逃げたかったら逃げろ。俺から逃げられると思うならな」

寒河江が嫌だと逃げてもダメだと言う。

組織や世間や子どもたちを言い訳に、寒河江がまたも逃げようとするなら、今度は追いかける。追いかけて、捕まえる。

脳髄が痺れる感覚を覚えて、寒河江は肌を震わせた。逃げられない……と、確信する。そして自分には、逃げる気も、もはやない。

「抱くぞ」

吐息が耳朶を擽った、と思った瞬間、身体がふわり…と浮いていた。

「……っ！」

姫抱きに抱き上げられて、ベッドに放られる。その多少荒っぽいやり方に抗議をしようと開きかけた口を口づけに塞がれ、のしかかってきた逞しい肉体に背中から引き倒される。

「……んんっ！」

喉の奥まで貪られ、その隙にガウンをはだけられた。神蔵の腰を包んでいたバスタオルも放られて、熱い昂りが肌に直接触れる。

あの夜に教えられた欲望の熱さが蘇る。身体の一番深い場所に刻みつけられた、肉欲の熱さだ。

フットライトの明かりに、白い肌が照らされる。大きな手が肌を這《は》い、敏感な場所を暴いていく。

胸の突起を捏ね、ぷくりと起ったそこを口腔に含む。

「あぁ……っ」

寒河江は白い喉を仰け反らせ、甘ったるい吐息を零した。

跳ねる細腰を掴む大きな手の、指の感触にまで震えて、ますます淫らな反応を見せてしまう。直接触れられてもいないのに、寒河江の欲望はしとどに蜜を滴らせ、恥ずかしいほどに濡れていた。

逞しい肉体に膝を割られ、局部を曝される。

「い…や、だ……」

見るな…と頭《かぶり》を振ったところで、もっと厭らしいことをしてほしいと、ねだっているのと変わらない。

「相変わらず感度がいいな」

笑いの滲む声が、揶揄を落とす。膝の内側に唇が押しあてられ、淡い愛撫が内腿を伝いあがって、局部に辿りつく。

期待していなかったといったら嘘になる。

寒河江の欲望が、神蔵の口腔に囚われた。

「あぁ……んんっ！」

ねっとりと舌を絡まされ、根本からきつく吸われて、瞬く間に頂を見る。触れられる前からドロドロだったのだからしかたない。

「あ……ぁっ」

白濁を神蔵の口中に放ってしまった。残滓《ざんし》まで舐め取るように舌が舐《ねぶ》り、先端を抉《えぐ》る。

「……っ！　んんっ！」

神蔵の頭を太腿で挟み込むようにして、黒髪をかき乱し、もっと深くとねだるように腰を浮かしていた。

「は……ぁっ、あ……っ」

余韻に震える肉体がシーツに沈む。

荒い呼吸に白い胸を喘がせて、寒河江は自身の内腿のやわらかな肌の感触を楽しむ男に顔を向けた。

「物足りなそうな顔だな」

クスリ…と笑われて、対抗心が湧く。

重い身体を起こそうとすると、片腕で支えてくれる。逞しい首に腕をまわして頬をすりよせ、力強く頭を擡げる神蔵の欲望に手を伸ばした。

好きにしろと言うように、神蔵は寒河江の腰を引き寄せる。膝をまたぐ恰好で対面で抱き合うと、欲望同士が擦れ合った。

「こうするんだ」

神蔵のものと一緒に握らされ、擦れと唆される。恐る恐る動かすと、それではダメだと言うように、上から大きな手に包み込まれ、荒っぽく刺激された。

「あ……ぁっ、あ…んっ！」

欲望同士が擦れ合って、たまらない快感を生み出す。

さきほど放ったばかりだというのに、寒河江自身はまたも蜜を滴らせ、神蔵の欲望がドクリと戦慄いた。

「は……ぁっ！」

「……っ」

耳元に落ちる低い呻き。熱い飛沫《ひまつ》が、ふたりの手を汚す。

放り出してあったタオルで、神蔵が汚れを拭ってくれた。そのあいだ寒河江は、神蔵にされるがまま、そこらじゅうに降るじゃれつくようなキスを甘受して、ただ白い肉体を広い胸にあずけていた。

包み込む体温が心地好くて、ずっとこうしていたいと感じてしまう。

だがそれは許されなかった。寒河江の痩身をベッドに放り出した神蔵が、白い太腿を大きく割り開く。

「や……っ、神蔵……っ」

情欲に汚れた場所を観察される羞恥。

熱い視線を感じて、すでに二度放ったはずの寒河江自身が、またも熱を溜めはじめる。それが恥ずかしくて、寒河江は身悶《みもだ》えた。

腰が浮くほどに膝を折り曲げられ、露わにされた後孔に、舌が這わされる。

「あ……ぁっ、ひ……っ」

舌先を捻じ込まれ、固く閉じた場所を暴かれる。その反応を見た神蔵が、「あれっきりか？」と訊いた。

「あ…たり、まえ……っ」

誰が神蔵以外にこんなことをさせるものかと、拳を振り上げる。それを難なくかわした神蔵は、「自分でしなかったのか？」と愉快そうに言葉を継いだ。

途端、寒河江の白い肌が真っ赤に染まった。

「そんな…こと……っ」

その反応をどう受け取ったのか、神蔵は「ここを、指でいじらなかったのか？」と、唾液に濡れた後孔に、指を差し込んでくる。

「あぁ……っ！」

浅い場所を探られて、甘ったるい声が上がった。

「身体は、覚えてるようだな」

男の指に、肉体に、どう感じるのか、寒河江のここは覚えていると、揶揄される。

「バ…カ……っ」

ただ一夜、抱き合っただけだ。一晩中貪り合っていても、限界がある。なのに、ただ一夜の情熱をこの身体は覚えているのだと言われて、寒河江は否定できなかった。

覚えている。

忘れるわけがない。

あんなに情熱的に抱き合ったのだ。

「愛してる」

寒河江の求めるものを見透かすようなタイミングで、落とされる告白。

「俺はひどい男だ。ずっとおまえだけ、思ってきた」

ほかの誰を抱いても……と、耳朶に落とされる甘い声。それは自分も同じだと、寒河江は涙を滲ませる。

この十数年、多くの人を裏切ってきた。その呵責《かしゃく》に苦しみつづけてきた。

これからも苦しみつづけるだろう。だから、もう許してほしいと請う。十数年の時を経ても捨てられなかった感情を成就させても、今だからこそ許してほしい。

「僕も、愛してる」

ずっとずっと、忘れられなかった。

あの朝の神蔵の言葉を、恨みつづけてきた。

それは、深い恋情の裏返しだ。唐突な衝動でも情熱でも、あの夜ふたりの間にあったのは、たしかに恋心だった。

広い背にひしとしがみついて、口づけを交わす。

腰を抱えられ、狭間に擦りつけられる灼熱。待ちかねた情欲がズッと押し入ってきて、一気に最奥まで貫かれた。

「——……っ！」

衝撃はあった。あの夜以来なのだ、当然のことだ。

けれどそれ以上に、幸福感と情熱がまさった。あの夜は、ただ翻弄されるばかりで、状況すら把握できていなかった。でも今は、自ら求めることができる。

肉欲に駆られるままに、逞しい腰に下肢を絡めた。もっと深くと引き寄せる。

ゆるり……と腰をまわされて、押し出されるように掠れた声が溢れた。

「あ……ぁ……っ」

やさしくなくていい。もっと激しい情熱が欲しい。もっと荒々しく貪ってほしい。

そんな媚びにも似た懇願が伝わったのか、突如襲う荒々しい抽挿。肌と肌のぶつかる音の艶めかしさに、寒河江は意識を朦朧とさせる。

「ひ……っ、あ……ぁっ、あぁ…んんっ！　……んんんっ！」

視界ががくがくと揺れるほどに突き上げられ、広い背に縋って爪を立てた。

最奥を突かれ、抉られ、その動きに合わせて蕩けた内部が猛々しい欲望を搾り上げる。

「……っ、食いちぎるなよ」

神蔵が愉快そうに喉を鳴らした。

「い…ぁっ、あぁ……っ！」

寒河江は奔放な声を上げ、与えられる欲望を甘受した。

「や……ぁっ、深……っ、ひ……っ！」

ズンッと最奥を突かれて、白濁が白い胸を汚す。低い呻きが落ちてきて、一番深い場所で熱い飛沫が弾けた。

「……っ！　あ……っ」

余韻にびくびくと身体を震わせて、貪り合う口づけに興じる。そうする間に、受け入れた神蔵の欲望がまた熱を溜めはじめて、寒河江は甘く喉を鳴らした。

滑りのよくなったそこを掻きまわされ、引き抜かれる。

身体を裏返されて、腰だけ高く掲げたような恰好で、太腿を開かれた。注がれた白濁が溢れて、内腿を伝う。

双丘を割られ、爛《ただ》れた入り口を舐められる。

「神…蔵……」

もっと……とねだるように名を呼ぶと、「違うだろ」と耳朶に囁き。「絢人《あやと》」と名を呼ばれて、男の求めるものを理解する。

「晨《じん》……」

あの夜以来の、名を呼んだ。

「晨……もっと……っ」

一度口にしたらとまらなくなって、寒河江は震える声で、もっと強く激しく抱いてほしいとねだる。

本当はあの夜だけでなく、あのあともずっと抱いてほしかった。口づけてほしかった。名を呼んでほしかった。自分も、名を呼びたかった。

「あぁ……んっ！」

後背位で貫かれる。

焦らすように、嬲《なぶ》るように、はじめはねっとりと繰り返される抽挿。それがやがて力強さと激しさを増して、上体を支えることもできないほどに揺さぶられる。

「ひ……っ！」

またも最奥に注がれ、寒河江はか細い喘ぎをあふれさせた。視界が朦朧とするほどに脳髄が痺れて、何も考えられなくなる。

それでも足りないと、肉体ではなく心が訴える。

眼差しで訴えると、力強い腕に抱き上げられ、シーツに仰臥《ぎょうが》した広い胸に抱き寄せられた。

神蔵の心臓の音を聞きながら、瞼を閉じる。

悪戯な手が寒河江の双丘を撫でて、狭間を探り、下からじわじわと欲望が埋め込まれる。

「んん……っ」

気持ちいい……と、かすみはじめた意識下で、寒河江は陶然と呟いた。

「ずいぶんと厭らしいんだな、管理官殿は」

愉快そうに言われて、目の前にある唇に軽く噛みつく。

「きみの、せいだ……」

神蔵が全部教えたのだから、全部責任をとってもらわなくては困る。

「責任をとらせてくれるのか？」

またも愉快そうに返される。その意味を考える余裕もなく、寒河江は神蔵に抱かれた恰好のまま、意識を混濁させた。

目を覚ましたら、湯船にぽかりと浮いていた。

いや、温かな胸に取り込まれる恰好で、湯の中で寝ていた。

「……晨？」

神蔵の腕に抱かれた恰好で、湯船に浸かっていることはわかる。

だが、つづく状況は予想外だった。

「ぱぱ、おはよう！」

「ぱぱ、あさごはんたべよう！」

元気な声が、寒河江の意識を急速に覚醒させた。

「……え？」

ぎょっと目を瞠ると、湯船の縁に顎をのせた恰好で、父をじっと見つめる双子。

「……っ！　な……っ！」

慌てたら、湯の中に沈みそうになって、それを神蔵が支えてくれる。

「な……な……っ」

真っ青になる父とは対照的に、「ぱぱ、げんきになってよかったね」と、息子たちはにっこり。

「すぐに行くから、いい子で待ってろ。そうしたら、カイザーのところに連れてってやる」

「うん！」

すっかり神蔵に言いくるめられた様子で、双子は手を取り合って、バスルームを出て行った。

「な、なにを……っ」

胸元に縋ると、「落ちつけ」と短く返される。

「どうせいつかはバレるんだ。妙に隠そうとするほうが教育上よくないだろ？」

そんな言葉とともに、額にキスが落とされる。

入浴剤で白濁した湯の中だから、身体中に散った痕跡が子どもたちの目に曝されることはなかったものの、いかにも心臓に悪すぎる。

「かんべんしてくれ……」

湯のなかでぐったりと身体をあずけると、一緒に入ると言うのを制したのだから、褒められこそすれ、責められるいわれはないと、平然と返された。

「交渉人になったほうがよかったんじゃないか？」

こんなに口の立つ男だったろうか。寒河江が睨むと、唇に触れるだけのキスが落とされる。

「おはよう」

それから、瞼と額にも。

認識以上に弁が立つ上、予想外に甘やかしたい気質らしいと理解した。甘えることに戸惑いを覚える寒河江だから、このくらいでちょうどいいのかもしれない。

「おはよう。お腹が空いたな」

キスに応じながら、子どもたちが待っていると返す。

「カイザーのところへ遊びに行く約束をしたんだ」

本当の飼い主は、警備部で警備犬の普及に尽力していた人で、いまでも神蔵の後ろ盾なのだという。部署を超えた付き合いは、そもそも神蔵がＳＡＴ配属を蹴ったところからはじまっているらしい。

「警備犬の普及って……」

寒河江がまさか……と返すと、「元警備部長」と軽く返される。病気療養を理由に、退官後の天下りを受け入れなかった稀有《けう》な逸材だ。

離婚後も、神蔵が要職を追われることなく、実力で今の地位を手にすることがかなった理由が見えた。

警察組織においては、私生活の破綻も、捜査での失敗と同じくらい、出世に響くものなのだ。寒河江は先立たれた恰好だから何も言われなかったが――そのかわり再婚話は山ほど舞い込むが――ノンキャリアの神蔵にとっては重要な問題のはずだった。

それがわかった上で神蔵が離婚した理由のうちのわずかでも、自分が起因しているのかもしれないと思ったら、申しわけなさと同時に、高揚が襲う。自分はこれほど、利己的な人間だったろうかと、恥ずかしく感じるほどに。

「ジイサンはひとり暮らしだ。宙人と天人を連れていったら喜ぶだろう」

「すてきだ」

魅力的な提案に、二つ返事で応じる。

今一度キスを交わして、名残り惜しさを振り切りつつ、湯から上がる。神蔵の悪戯な手が腰を撫でたけれど、つづきはまた夜まで待つよりほかない。

ダイニングに顔を出すと、腹を空かせた双子はすっかりむくれて、背を向けていた。

寒河江が抱きしめ、神蔵が冷蔵庫に残っていたソーセージでウサギやネコをつくってくれて、ようやくご機嫌が直る。

少し遅めのブランチを、四人でテラスでとった。温かい陽射しが、子どものお出かけ欲を刺激する。

「おじちゃん！　はやく、カイザーにあいたい！」

「おじちゃん！　カイザーとボールであそぶ！」

おじちゃんじゃなくてお兄ちゃんだ、と言いたかったのだろうが、口を開きかけたところで、諦めの長嘆をひとつ、神蔵は口を噤んでしまった。

たまらずに寒河江が噴き出すと、すっかり拗ねた様子で眉間に皺を刻む。

「今晩も寝かせないからな」

覚悟しろ……と、耳元に脅しが落とされて、寒河江は驚きに長い睫毛を瞬いた。首まで熱くなってくる。

それを見た双子が、「ぱぱ、おねつ？」「ぱぱ、びょうき？」と、今度は心配気に身を乗り出して、寒河江は誤魔化すのに四苦八苦した。

原因をつくった神蔵はといえば、平然とした顔でエスプレッソメーカーからカップにおかわりのコーヒーを注いでいる。

こんな幸せを、手にしていいのだろうかと、この状況にあっても考える。それが自分という人間なのだからしかたない。

一方で、この幸せを手放せるのかと言われたら、それもＮＯだ。

だったら、できる限りの努力で守り抜くよりほかない。

「高須賀警部との取り引きは、いつまで有効なのかな？」

寒河江が神蔵の顔をうかがうと、そうだな……と思案の顔。

「明日の朝まで、ってところか」

神蔵が愉快そうに返してくる。

それなら今日は一日、子どもたちとカイザーと一緒に遊んで、ゆっくりと過ごそう。そして子どもたちが寝たあとには、また大人の時間を、たっぷりと。

事件はいつ起きるかしれない。

携帯端末が、いつ出動要請を知らせて鳴るやもしれない。

だからこそ、与えられた時間は贅沢《ぜいたく》に使いたい。

大丈夫。この先になにがあっても、この手で大切なものを守る。その自信が、今の自分にはある。

自分の手に余るとわかったときには、助けを求めればいい。頼れる腕が、すぐ隣にある。理解してくれる仲間もいる。

玄関を出るとき、子どもの目を盗んでキスをした。

あの朝をやり直しているかのように感じられた。

エピローグ

寒河江《さがえ》と神蔵《かぐら》の出勤がかなったときには、すでに立てこもり犯はすべてを自供して、完璧な供述調書が仕上がっていた。

完全な逆恨みではあるが、男の人生に同情の余地がないわけではない。

「管理官の最後の言葉が、利いたようです」と言ったのは、羽住《はずみ》だ。子どもを巻き込まなかった犯人の真理に言及した寒河江を、「バカな人だな」「あれで出世できるのか」と言いながらも、男は素直に取り調べに応じたという。

「あとで、私も顔を出そうと思います」

取り調べの邪魔にならないように、男の様子を見ておきたい。「いいんじゃないでしょうか」と、羽住はおだやかに頷いた。

「それよりも、管理官への処分がなくて、ホッとしました」

「刑事部長に、チクリと言われたよ」

訓告であっても、警察組織においては充分に処分だ。けれど、それが記録に残らなければ、処分であって処分ではない。

「刑事部長が、管理官を手放すはずがありません。しばらく異動はなさそうですね」

キャリアに異動はつきものだ。いつまで特殊班にいられるかはわからない。

でもだからこそ、今やれることを精いっぱいやらなければならない。どうせ仮初の椅子だと、警察庁に戻ることを大前提に仕事をするキャリアもいるのだろうが、寒河江はたとえ降格人事を受けることになっても、正面から仕事に向き合いたいと思っている。

「管理官には出世していただかなくては困ります。降格人事など、我々が絶対に許しません」

それだけ言って、羽住は背を向けた。

今日一日、入電のアナウンスが鳴らなければいいと願いながら、溜まった書類を黙々と処理していく。

ノック音がして、姿を現したのは、書類を手にした神蔵だった。

こちらも、書類の山に埋もれているようだ。警察組織というやつは、とかく作成しなくてはならない書類が多すぎる。

そうだ。自分が出世したら、まっさきにこの無駄をやめさせよう。そんなことを考えて愉快な気持ちになっていたら、傍らに立った男が、「なにかいいことでもあったのか？」と尋ねてきた。

「いや……ちょっと面白いことを思いついただけだ」

ふたりきりのときは、言葉遣いが崩れるようにもなってきた。だが、自然とそうなっただけで、ふたりでそうしようと決めたわけではない。

「面白いこと？」

その質問には返さず、神蔵が持ってきた書類を受け取って、判を押す。自ら持って来たということは急ぎの書類なのだろう。——と思ったのだが、神蔵の訪問理由は違っていた。

「週末、ジイサンが鍋を食いに来いと言ってる」

子どもたちも連れて……と、カイザーをとおして交流を持つようになった、元警備部長からの誘いの確認だった。

「いいね。子どもたちも喜ぶよ。なにか食材を買っていこう」

「確認しておく」

ふたりが生活をともにすることは難しい。とくに今現在の関係は、上司と部下だ。

それでも可能な限り、時間を共有する。

危険な任務についているからなおのこと、今ある幸せを満喫するのだ。

「晨《じん》……」

ダメだ…と、上体を屈める男の顔を白い手でどける。

「いいだろ」

誰も見ていない。部屋のドアは、かならずノックされる。そんな主張をする男の目的はひとつしかない。

そういう問題ではない。ここは職場だ、と返す前に、唇に熱が触れた。

「……んっ」

銀縁の眼鏡が乾いた音を立てる。その存在が、今は勤務中だという緊張感を、寒河江に与えてくれる。

だというのに、こんなふうに触れ合ったら、気が緩んでしまうではないか。

だが、そんな懸念は杞憂だと、直後にふたりともに思い知らされた。

『入電！　渋谷署管内《PS》！　拳銃を持った男が――』

神蔵のまとう空気が、ガラリと変わる。寒河江も、スッと眼差しを強めた。

ノック音と同時にドアが開けられて、「薬物中毒者が、拳銃を持って飲食店に押し入ったもようです！」と、FAX用紙を手にした大迫《おおさこ》が記載内容を読み上げる。

寒河江に頷きかけ、確認をとる。神蔵の判断は早かった。

「装備B！　出るぞ！」

寒河江に敬礼をして、神蔵が部屋を駆け出て行く。

「気をつけて」

その言葉を紡いだときには、すでに神蔵の背は視界から消えていたけれど、伝わっているはずだ。

「現場を封鎖！　渋谷署と機動隊に警戒に当たらせろ！」

寒河江には寒河江の仕事がある。

関係各所に協力を要請し、極力スムーズに事件解決がかなうように采配する。

ややして、無線に神蔵からの『現場到着』の報告。

寒河江は、いつもの決まり文句で返した。

「現場の指揮はまかせる。全責任は私に」

あとがき

こんにちは、妃川螢《ひめかわほたる》です。拙作をお手にとっていただき、ありがとうございます。

今回、本文を書きすぎたため、あとがきが一ページのみとのことで、駆け足で各方面へのお礼だけ述べさせていただきます。

イラストを担当していただきました水名瀬雅良《みなせまさら》先生、お忙しいところありがとうございました。今作でTARGETシリーズ三作目ということで、キャラも増えてきて大変だったと思うのですが、素敵にインテリ風味の受けとカッコいい攻め様に仕上げていただいて、本当にありがとうございます。またご一緒できる機会がありましたら、そのときはどうかよろしくお願いいたします。

妃川の活動情報に関しては、ブログの案内をご覧ください。

http://himekawa.sblo.jp/

皆さまのお声だけが創作の糧です。ご意見ご感想など、お気軽にお聞かせいただけると嬉しいです。それでは、また。どこかでお会いしましょう。

二〇一四年二月吉日　妃川　螢

成長した宙人&天人
そして
奏くん♥
水名瀬
雅良

ガッシュ文庫

HEAT TARGET～灼熱の情痕～
（書き下ろし）

妃川 螢先生・水名瀬雅良先生へのご感想・ファンレターは
〒102-8405 東京都千代田区一番町29-6
（株）海王社 ガッシュ文庫編集部気付でお送り下さい。

HEAT TARGET～灼熱の情痕～
2014年3月10日初版第一刷発行

著　者　妃川　螢［ひめかわ ほたる］
発行人　角谷　治
発行所　株式会社 海王社
〒102-8405　東京都千代田区一番町29-6
TEL.03(3222)5119(編集部)
TEL.03(3222)3744(出版営業部)
www.kaiohsha.com
印　刷　図書印刷株式会社

ISBN978-4-7964-0541-6